田島照久

虫　送　り

和田はつ子

角川ホラー文庫

一

この日曜日は仕事で父親が不在だった。佐竹《さたけ》まゆ子はエアコンのリモコン装置をせわしく押し続けていた。十六歳になったばかりの彼女は、受験校として有名なある私立高校に通っている。一学期の期末試験が近かった。

東京では梅雨《つゆ》がまだ明けていない。むしむしする気候が不快で部屋の温度を調節していた。だが部屋にこもった空気は容易に彼女の自由にはならなかった。二十五度では熱すぎるし、二十度にすると寒くなりすぎる。

「不良品だよ、これ」

昨夜は試験勉強のための夜食を運んできた母親に当たりちらした。部屋に入ってくるなり手にしていたリモコンを床に放り出してみせたのだ。

「困ったわね」

母親は荒くため息をついてケーキとジャワティーを置いて出ていってしまった。以来口をきいていない。何かと気を遣いすぎる母親がうっとうしかった。それで遅い朝食はマクドナルドのパンケーキですませた。もちろん昼は断るつもりでいた。

もっともまゆ子が放り出すリモコンはエアコンだけではなかった。以前は齧《かじ》りつく勢いで見ていたテレビがそれほど面白くなくなりかけている。

小さな箱の中の現実が虚構だと察知したためではない。それよりもっと幼いしかし切実な欲求が彼女を支配しはじめていた。

〝あの中で自分も生きたい〟

そう思えてならないのはまゆ子の置かれている現実が厳しいからだった。少なくとも彼女の許容範囲は超えていた。

一分たりとも教師の話を聞きもらすことのできない毎日が苦しかった。試験のたびに廊下に貼《は》りだされる順位表はもっと辛《つら》かった。

両親の期待に充《み》ちたアドバイスに従って名だたる受験校を選んだこと、一人っ子の悲しい性《さが》とはいえこれがまちがいのもとだったとまゆ子は気がつきはじめていた。

町でかつての公立中学の仲間たちに会うこともあった。受験校ではない高校に進んだ彼らは、茶髪と濃い化粧を陽気で気楽な人生観とともに顕示していた。そして何より自分たちは輝いていると信じていた。

まゆ子はすでに彼らの輝きが思いこみにすぎないとわかっていた。だが羨《うらや》ましくはあった。たとえ愚かさゆえであっても、単なる怠け者の不良にすぎない自分たちを、価値ある存在だと見做《みな》すことができるのだから。

携帯が鳴った。

携帯電話は校則は厳守すべきと信じこんでいるまゆ子の父親が、許可してくれた唯一の違反物質だった。理由はわが娘の通う高校が都下を離れた丘陵地にあって、大雨などの時には、交通手段がおぼつかなくなるからという、しごくまっとうなものであった。

「ちょっと聞いた話なんだけどな」

相手は中学時代のクラスメートの男子だった。ジャニーズ系を気取っている美少年で母性愛をそそる容姿の持ち主だった。ナンパの成功率から割り出した自惚《うぬぼ》れと愚かさゆえのプライドの低さが嫌いで、まゆ子はつきあったことがない。

「別れたんだって?」

「うん」

「きれいさっぱり?」

「当たり前よ」

別れたというのは話している相手のグループの一人であった。やはり不良がかった特殊な不登校児で、給食と授業の妨害が目的で登校することもあるという輩《やから》だった。

その彼は入学後一年で半数が自主退学するという学区内の公立高校に進学した。

「別れた理由はさ、身分のちがいから?」

身分のちがいとは進学した学校の偏差値を意味する。

「でもないけど」

まゆ子は曖昧《あいまい》に言葉を濁した。まゆ子が熱をあげた少年もまた華奢《きゃしゃ》なビジュアル系で、偏差値三十三の高校に入ったとたん、数日もたたないうちにアイドル事務所に通う同級生と自称〝相思相愛〟の仲になってしまったのだった。

つまり彼女はふられたのである。卒業式の日、離れていても一生思いあっていこう、最寄りの駅で待ちあわせて会おうと誓いあってまだ一ヶ月とたっていなかった。同棲《どうせい》を仮定して、冷蔵庫の色は何色がいいかなどという話題に興じていた頃《ころ》からでも、せいぜい二ヶ月というところだった。

「俺《おれ》もさ、ちょっとわけあってミカと別れたとこなんだ」

電話の元同級生は思わせぶりな口調になった。

「だから何？」

そのいいかたがまゆ子の勘に触った。

「今度駅で待っててもいいか？　まゆちゅんもさびしいと思ってさ」

猫撫《ねこな》で声《ごえ》になった。

ハイエナめ、油断ならない。

まゆ子はむかむかしてきた。

乱暴な口調で突き飛ばすように、

「今度いつかね」

といい電話を切った。

その後すぐにどっと涙があふれてきて視界がぼやけた。

情けなかった。

思えばまゆ子が携帯を買ってもらったのは高校に入ってからで、かかってきた相手に自分の携帯の番号は教えていないはずだった。

教えたとしたらこの間帰りに駅で偶然会った、中学時代の女友達にちがいない。痩《や》せぎすの金髪でいつもラリっているようなしゃべり方をする。まゆ子の知るかぎりでは高校中退第一号。気のいいやらせ姫《ひめ》。ふわふわした情緒が妙に暖かく感じられる相手。その彼女にだけは元彼《もとかれ》との一部始終を話していたのだった。

まゆ子は裏切られたとは思わなかったが孤独感は強くなった。

とうてい勉強など手につくはずもない。といって外に出てゲームセンターに入り浸ったり、コンビニでこっそり酒やタバコを買い試してみる気も起こらなかった。

中学時代元彼のワルに習ってさんざんやったこと、そのすべてがひどく空《むな》しかった。

カレンダーの隣りにピンで止めてある絵はがきに目が吸い寄せられた。

うすピンクの梅の花に羽を休めるヒメギフチョウの写真。黄アゲハに似た姿だがずっとこぶりで、黒い線が細く全体に黄色が冴《さ》え冴《ざ》えと明るい。華麗というよりもやんちゃと可《か》憐《れん》を同居させている。まさに思春期の女性のイメージそのものだった。

その絵はがきを壁から外し裏に返すと、ファーブル昆虫記念館という文字と住所、電話番号が目に入った。

ここに電話をかけてみようか。ふとそう思った。誰《だれ》かと話をしたかった。救いがほしかったのだ。

「もしもし」

相手はすぐに出た。やや低い声の男性。年齢の見当はつかなかった。

「そちらでヒメギフ蝶、見られますか？　見られるんなら今すぐ行きたいんですけど」

「学生さん？　中学生？」

相手は確認してきた。

「高校一年生」

「さなぎで冬越しするギフチョウ類は春の女神と呼ばれている。だからもう今の季節にはいない。模様の可愛《かわい》い蝶《ちょう》が好き？」

「ええ」

「それならトラフシジミがいいかもしれないな。多少は似ている。トラフとは虎模様《とらもよう》のこと。黄と黒のまだら模様の虫にはたいていトラとついているんだ。ギフ蝶類もトラフシジミもスプリングタイガーと呼ばれていてね。ただしトラフシジミの方は夏型もある。それで八月くらいまでは見られるんだ。もっとも幼虫は典型的な害虫。フジやクズの他にりんごの花や実を食べてしまう」

「どこに行けば必ず見られますか？」

「北海道ならまだ春型が見られるかもしれない」

そこでまゆ子は電話を切った。

それから母親が買物に出掛けるのを待って両親のベッドルームに入り、クローゼットの奥に隠してあるジュエリーボックスを探った。いざという時のための現金がいくらかあるはずだった。

十枚あった壱万円札のうち五枚を抜き取った。北海道までの航空料金についての知識はほとんどなかった。羽田に行けば何とかなるだろうと思う。

ジーンズとトレーナーを着込み、ジャケットはリュックに入れた。スニーカーを履き童顔を隠すために帽子を被《かぶ》った。

家を出る時思いついて携帯を部屋に置きに行った。うっかり持っていると、父親や友達から連絡を受けるようになりそうで煩《わずら》わしかった。電源を切っておけばいいようなものだが、持っていれば必ず気になる存在になるのが携帯だとわかっていた。

勉強や友人、家庭からという限定つきではなく、無限に自由になりたかった。求めているのは解放感に浸ること、まずはそれだけだった。まだ目にしたことのない可憐な蝶の姿を想像した。自然の中で何にとらわれることもなく闊達《かったつ》に飛びかうその雄姿を。それこそほんとうの自分かもしれないと、今のまゆ子には思えていた。

新千歳《しんちとせ》空港に着いたのは午後の三時をまわったところだった。航空料金の意外な高さに驚いた彼女は節約を旨《むね》とすることにした。

梅雨《つゆ》のない北海道は気持ちよく晴れていた。まゆ子は空港から札幌まで歩いてみようと考えた。例によって距離のことは念頭になかった。日が暮れるまでに着けばいい。それにここを歩いていれば、トラフシジミに出会えるかもしれない。ヒメギフ蝶に似ているのであればきっと見つけられる。

まゆ子は札幌方面行きのバスが停車している乗り場付近を背にして、人気のない白い舗道を歩きはじめた。

ところが十メートルと行かないうちに、

「危ないな」

紺色のベンツのワゴンが目の前で止まった。

「北海道は自動車事故日本一なんだよ。ここを歩くのは危険だ。乗りなさい」

相手はアウトドア・ファッションが似合うハンサムだったが明らかに三十代で、まゆ子たちの年代にとっては別世界の人種だった。

一瞬彼女は学校の教師に咎《とが》められたような気がした。次には足が助手席に向かって勝手に動き出していた。席におさまるとシートベルトで固定された。続いて車が走り出す。

「どこから来たの？」

「東京」

「目的は何？」

「トラフシジミ」

いってから馬鹿なことをいったと後悔した。トラフシジミを知る人などそうはいないだろう。あのファーブル昆虫館の電話に出た人をのぞけば。

ところが、

「あれは可愛いけどりんごの害虫だ」

相手は微笑《ほほえ》んだ。

「理科の先生？」

驚いてまゆ子は聞いた。

「そんなようなものだよ」

そのまま微笑み続けている。それから、

「ところでお腹《なか》は空《す》いていない？　買ったばかりのハンバーガーとコーヒーならある」

と食物の入った袋を差し出してくれた。

「ありがとう」

まゆ子は受け取り、まだ暖かいハンバーガーを苦いコーヒーで流しこんだ。

「疲れているんだよ。眠くなってきただろう」

そんな声が遠くから聞こえてきた。はじめに身体《からだ》がだるくなり、その次がまぶたが重くなった。

これはひどいことだとまゆ子は思った。勉強よりも人間関係よりもずっとずっとひどい現実が身に迫っている——。


二度目に意識が戻った時も、これは悪夢だとまゆ子は思いたかった。だがすぐにはじめに気がついた時の記憶がそれを否定した。

とても悪夢などではありえない。

顔に触れると涙の乾いたあとがあった。たしか闇《やみ》の中で目覚《めざ》めて泣き叫んだのだ。

「助けて」

また彼女は叫ぼうとしたがすでに喉《のど》が涸《か》れていた。乾いたすすりなきにしかならない。

それでもその必死の声は周囲の壁に反響した。地下室にいる。埃《ほこり》や黴《かび》とも湿度ともつかない特有の匂《にお》いが充満していた。壁はコンクリートにちがいなかった。

時間の見当はつかなかった。ほんの数時間のことかもしれないし、何日もたっているのかもわからない。

不意に衝撃的ともいえる空腹感に襲われた。ハンバーガーとコーヒーを摂《と》ってから何も口にしていなかった。ありがたいと彼女は思った。これはきっと絶望に近い飢餓状態には陥っていない証拠にちがいない。

それで彼女は、

「喉が渇いてお腹が空いたの。何かちょうだい」

かさかさした声を張りあげた。この声も地下室中の壁に響きわたった。

こつこつこつ。足音が聞こえた。彼女がうずくまっている場所の反対側に近づいてくる。そちらが扉のようだった。

きしむ音とともに扉が開かれた。

懐中電灯の光の輪がまゆ子をとらえる。まぶしさのあまり彼女は顔をうつむけて両手で光を遮《さえぎ》った。そのためはじめ相手の男の顔は見えなかった。

男はまゆ子の前に立つと右手をさしのべて彼女の短い髪に触れた。彼女はぞっと総毛立ちながらも、

「お水がほしい」

とねだった。渇いた喉から口にかけて火のように熱く、感覚が麻痺《まひ》しかけていた。それでも男がコップのようなものを、手にしているのではないかという期待は残っていた。まぶしさに耐えて目を見開いた。

「お願い。お水」

さらにまゆ子がすすり泣きかけるのと、男の平手が左頰《ひだりほお》に食い込んだのは、ほとんど同時だった。微笑んでいたハンサムな男の顔が大きく歪《ゆが》んだ。両目が飛び出し唇がねじきれたように見えた。

「お水、お水」

つぶやきながらまゆ子は泣き崩れた。どうしたら相手に渇きを癒《いや》すべく手段をこうじてもらえるのか、まるで見当がつかない。

それでも必死に考えた。

この男がトラフシジミを知っていたことを思い出した。蝶《ちょう》を収集するように女性を誘惑する男の映画があった。またあるいは誘拐してきた少女を地下室に何年も監禁し続ける変質者の話も。

そこで彼女はまず相手に精一杯の微笑みを投げかけて見せた。それから着ているトレーナーを脱ごうと、両手を丸首の襟《えり》にもぐりこませた。これが目的の一部なら当面、死なずにはすむかもしれない――。

だがそのとたんまゆ子は相手に右腕をつかまれた。立たせられコンクリートの上をずるずると引っ張っていかれた。パチンと音がして電気が点《つ》けられた。

そこは思った通り二十畳ほどの地下室だった。ロッキングチェアーと思われる飴色《あめいろ》の椅《い》子《す》が一脚。それ以外には何もなかった。

男はその椅子にまゆ子を座らせるとポケットからはさみとバリカンを取り出した。その間まゆ子の頭部が刈られていく。はじめはさみが使われバリカンで仕上げられた。身体《からだ》全彼女は自分が丸坊主にされかけているとわかっていたが、抗議の声は出なかった。体が恐怖で硬直しきっていたのだ。

それから男は用意してあったピアノ線を取り出した。まゆ子の両手と両足がチェアーの肘掛《ひじかけ》と足の部分四ヶ所に固定された。

男はずっと無言だった。もう微笑んでもいなかったし、唇をねじまげてもいなかった。相手の端正な顔は能面のように感情が死んでいた。そして行為だけが職人じみた正確さ、入念さで続けられていたのだ。

まゆ子を椅子に括《くく》りつけると男は扉の外へ出ていった。

まゆ子はふと、生きながら女性を埋葬する誘拐犯の話を思い出していた。刈られた頭部はひやひやと冷たく不吉な儀式そのものに感じられた。

いくら懇願しても水や食物を与えてくれようとしないのは、このまま葬ろうとしているからでは？　棺《ひつぎ》に閉じこめる代わりに地下室に監禁する。地下室が墓地――。

そう思ってもまゆ子にはもう泣けなかった。代わりにこの状態で餓死するのはどのくらい苦しいのだろうかと、真剣に考えた。棺で窒息させられるよりはいくらかましだろうか？　男に安楽死を願い出ても無駄だろうか？

こつこつこつ。再び足音が近づき扉がきしんだ。男が部屋に入ってきた。椅子に拘束されているまゆ子は振り返ることができない。

パチン。電気が消され、頼りになる灯《あかり》は男が手に持つ懐中電灯だけになった。

男はぐるぐると電灯を回しながらまゆ子に近づいてきて、正面に立った。小脇《こわき》にアイスボックスほどもある虫かごを抱《かか》えている。そして、

「君は虫が好きだったね」

と口を開いた。地下室で聞いたはじめての男の言葉だった。

「さあこれから、そんな君への歓迎会だ」

そういいざま男は抱えていた虫かごのふたを開け、まゆ子の膝《ひざ》に投げ出した。

同時に懐中電灯も消えて、扉が閉まる音とこつこつこつ、去っていく男の足音が続いた。

闇の中で襲撃がはじまった。まず一斉に攻撃を受けたのは柔らかい首筋と顔だった。無数のむずがゆいチクチクが這《は》いのぼってくる。両目に激痛が走った。

「ウワーッ」

まゆ子は疲れきった喉を震わせて叫んでいた。

それから全身の皮膚が熱湯を浴びたかのように燃えはじめた。

彼女は椅子の足で床を蹴《け》った。ロッキングチェアーが上下に振幅を繰り返した。両手足

にかかっているピアノ線が反乱を起こす。さらに深く皮膚に食い込んだ。ぷつっと鳴ったのはピアノ線が切れたのではなく、右手首の皮膚と骨が同時に弾《はじ》ける音だった。

膝から虫かごが振り落とされた。

だがもはや撤退はなかった。

何かがまゆ子の口の中に流れこんできていた。鉄の匂い。血だった。そしてその生温《なまあたた》かく流れていく感覚は全身の皮膚に広がっていた。

まゆ子はなおもチェアーを揺さぶりながら抵抗を続けた。恐怖よりも苦痛の方がまだましなのだとこの時やっとわかった。またぷつっという音とともに今度は左手首が折れた。

次に右足首が、最後に左足首が千切れかかった。

そしてここへきてやっと彼女は意識を失った。

一方襲撃の方はすさまじさを増していくばかりだった。

佐竹まゆ子はとりあえずの自由を満喫した上で新しい自分を探そうとして旅立ってきた。

しかしその前に彼女の肉体は失われつつあった。

二

文京区目白台にある英陽女子大の夏期休暇は七月二十日からはじまる。

そのため七月に入ると休講がたて続くが、助教授の日下部遼《くさかべりょう》が受け持つ「食物学演習3」は佳境を迎えていた。日下部遼は川崎にある一般教育課程の専任で、学部の授業は週に二日、家政学部の学生を対象に担当していた。

彼はめったに休講しない教師であり、試験やリポート、出席状態についてのチェックが厳しいので有名だった。

それでいて毎年、彼の講義や演習に学生が殺到するのは、内容にオリジナリティーがあって面白いからである。

日下部は大学の文化人類学科の出身である。専門は食文化。古今東西を通じての食へのあくなき追究を研究テーマとしていた。

そんな日下部が今年演習の課題に選んだのが「食と考古学」。具体的には縄文時代の食生活を、でき得る限り復元してみようという試みである。

「考古学でどこまで当時の人の食生活がわかるんですか？」

演習がはじまった当初、ある学生から方法論について質問されたことがあった。その時彼はこう答えた。

「まずは貝塚。石灰分が酸性の強い土の中では残らない動物の遺体の一部、骨、角、鱗《うろこ》などのカルシウム分をよく保存してくれます。それからガスクロマトグラフィで調べることができる脂肪酸の組成。動植物のもつ脂肪酸の組成は種《しゅ》によって違っているからです。これだと必ずしも遺体や骨が残っていなくとも、土器や石器に付着していた脂分からでも、またコプロライトと呼ばれる大便の化石からでも、食べられていた動植物の正体を知ることができるわけです。ムギ、アワ、マメなどの穀物の種が土器などについて発見されることは広く知られていますし、湿った土には花粉が千年、万年を越えて残ります」

そして今回日下部が注目したのは、ガスクロマトグラフィでわかった「縄文クッキー」なる代物だった。

各地の遺蹟《いせき》から発見されている縄文クッキーまたは縄文ハンバーグといわれている炭化した食物は、かなり高度な加工食品である。

縄文人の主食は主に採集したクリ、クルミ、どんぐり、とちなどだと見做《みな》されている。縄文クッキーはこれらの木の実の皮をむいてつぶし、シカやイノシシの肉、血液、砕いた骨、野鳥の卵、調味料として岩塩を加えて作られていた。

「縄文時代の主食は狩猟や漁労ではなかったんですか？」

という質問も受けた。これについては、

「日本は西南の照葉樹林帯と東北の落葉広葉樹林帯に属します。この樹林帯にはどんぐりのなるシイやカシ、ナラの木、とちの木、クリ、クルミの木が驚くほどたくさん茂っていて、秋から次の年の春まで約半年間の主食になっていたと考えられています。またこれらの木の実は竪穴《たてあな》住居や貯蔵穴から多数発見されています。人骨にみられる炭水化物への依存度も非常な高さです。もっとも豊富に採集できたのはどんぐりですが、これには糖質、タンパク質、脂質に加えて、カロリーも米と遜色《そんしょく》のないほどあります」

と日下部は説明した。

実習ではまずとち餅《もち》を作ってみることにした。日本各地に伝えられているとち餅は縄文時代の名残《なご》りといえる。あるいは進化した縄文クッキーの一種。

とちやどんぐりは激しい腹痛を起こす有毒物質を含むため、入念な天日干しとアク抜きが必要なのである。これを学生たちに体験させたかったのであった。だが残念ながら季節柄とちはまだ実をつけておらず、とち粉を入手しての実習となった。

とち餅はもち米ととち粉をまぜてついた餅で、もち米に水で湿らせたとち粉をのせて蒸し、よくまざるようにつく。餅つき実習は電動式の器械を導入してはという学生側からの意見もあったが、すりこぎと擂《す》り鉢《ばち》で乗り切った。この時固すぎるように感じられても絶対に水を加えないのがこつである。

とち餅は薄黒くねばりが少ないせいか、ぼさぼさした感じで学生の人気は今一つだった。

そこで日下部は世界に残る縄文クッキーを次なる実習に選んだ。古代ギリシアのナッツケーキとペルシア・インドのミートケーキである。

「食物学演習3」が佳境に入ったというのは、夏休みを前にして、この二つのメニューがそれぞれ班に別れて試されるからであった。これらのメニューはワインといっしょに食べるデザート用であったり、スパイス類がふんだんに使われていたりすることもあって、現代の学生には夢のあるものと感じられたようである。

「日本の縄文時代はおよそ一万二、三〇〇〇年前から二四〇〇年前で、わが国の縄文後期は時代的に、ギリシア、ペルシア、ガンジス文化の興亡の時期と一致しています」

そう日下部がいったのは、ナッツケーキやミートケーキの古典を縄文クッキーのお国柄と見做していたからであった。あるいはとち餅と比べるならば、同様に進化した縄文クッキーというべきなのかもしれなかった。ナッツケーキの材料はヘーゼルナッツ、クルミ、アーモンド、ゴマの実、けし粒、蜂蜜《はちみつ》。まず炒《い》ってすりつぶしたナッツ類に鍋《なべ》で沸騰させてさました蜂蜜を加えてまぜ、手で平たい丸い形にする。これを二枚作る。

一方挽《ひ》いたゴマの実にも蜂蜜をまぜて、先のものと同じ形に平たくし、上と横にけし粒を散らす。このゴマの実のケーキを二枚のナッツケーキの間にはさむ。

対するミートケーキは挽いた牛肉の赤身、にんにく、塩にこしょう、スパイス類のコリアンダー、クミン、シナモンを加えてよくまぜ、小判型に分けてまとめフライパンで焼く。

ナッツケーキの方は砕いたコーンフレークとラム酒、粉砂糖で作る焼かないクッキー、ラムボールに似ている。

またミートケーキはまさしくスパイスの効いたハンバーグそのものである。共通しているのは、どちらも口当たりがいいように固形物を挽いた上で味つけし、形にまとめている点である。縄文クッキーからの最も初歩的な進化といっていいかもしれなかった。

手軽なのと新鮮な風味がめずらしいのとで、その日、実習は会場ごと盛り上がった。学生たちは歓声をあげながら、ナッツケーキとミートケーキの試食会に興じている。

チャイムが鳴り日下部は調理室を出た。食物学科専用の研究室へ戻り、ソファーに座って手帳を開いた。夏休みの予定を詰める必要がある。

彼はこの夏、故郷の北海道でアイヌの食のフィールドワークをする予定であった。日下部は日本の縄文時代の食生活は、アイヌの食とほぼイコールではないかと考えている。

紀元前三〇〇年、九州、四国、東北の一部をのぞく本州では縄文から弥生時代が幕開く。やがてその流れは、古墳時代、奈良、平安時代へと移行していくが、北海道と東北のアイヌたちの時の流れはもっと緩慢だった。

続縄文時代といわれる狩猟と採集中心の食生活が奈良、平安期まで続いたのである。そしてさらに擦文《さつもん》時代、近世アイヌ時代と引き継がれていくが、この間自然に身を任せているに等しいアイヌたちの食は、他の日本人のものほど進化していない。

日下部が縄文の食のキーワードにアイヌの食を選んだ根拠は、まずこの点に着目したからであった。

それともう一つの大きな理由は彼がアイヌの血を引く日本人であることだった。身長がゆうに百八十センチはある日下部遼は、その風貌《ふうぼう》からすると西洋人そのものであった。

学生たちはハリウッド俳優のブラッド・ピットに似ているというが、アメリカ人に会う機会があると、ネイティブ・アメリカンを祖先に持つアイルランド系ではないかとよく聞かれる。

日下部の不可解な容貌《ようぼう》の秘密は、母方からと父方から各々、アイヌ民族とロシア人の血を受け継いでいるからであった。

そして日下部にはとりわけ、自分の中に息づいているアイヌの血への思い入れが深かった。縄文の食としてアイヌの食を追究してみたいのは、アイヌの食を通して日本の縄文食を感じたいからである。かねてより彼は、アイヌが日本人なのではなく、日本人がアイヌまたはアイヌ的だったはずだと考えていた。

フィールドワークに選んだ場所は、アイヌの博物館がある白老《しらおい》町からそうは遠くない、小さな村であった。

日下部は自分の計画を実行するにあたって、母の末の妹である叔母《おば》に相談した。地元の短大の家政科で助手の経験が長かった彼女は、ユーカラ織りや刺繡《ししゅう》などアイヌ文化の伝承に余念がなかったからだ。

料理についてもなかなかの腕前だったが、知っているのは現代人の口に合うよう工夫されたものばかりで、古いレシピは別の資料をあたる必要があるだろうという見解を示した。

それで叔母から紹介されたのが喜多川《きたがわ》家だった。喜多川家は過疎の村の農家で叔母が目をつけたのは、若死にした跡取り息子が遺《のこ》した膨大なアイヌ関係の資料だった。それはおおむねアイヌの食生活についての聞き書きであるらしいと叔母は伝えてきた。

そこで早速日下部は、喜多川家宛《あ》てに資料を見せてもらえないかと手紙を出した。一ヶ月前のことである。返事はなかった。

そんなわけで半《なか》ば諦《あきら》めかけていた矢先、今朝彼は自分宛ての郵便物の中に返事らしき封書を見つけた。それは以下のようなものだった。

前略

急がれておられることと思われますので、要件のみにて失礼いたします。

お申しお越しの件ですが、父のノートその他についてはどうか存分にお役だてていただきたいと思っております。それが早くに逝《い》った父への何よりの供養でしょうから。

なお当地においでのさいには当家にお泊りいただくのが何よりと思います。

おいでいただくのを楽しみにしております。

早々

差出し人の名には喜多川諒子《りょうこ》と書かれていて、電話番号が並列されていた。

どうしようか、このまま手紙の主の好意に甘えてしまえば、今まで予定にすぎなかったフィールドワークが実現する。彼は気持ちが浮き立つのを感じた。

まずは連絡してみようかと日下部は思った。ポケットの携帯に手を伸ばしかけたとたん、

「飯塚聡子《いいづかさとこ》先生より日下部先生にお電話です」

と助手が伝えてきた。


日下部は内線で飯塚聡子に呼ばれた。飯塚聡子は一般教育課程のボスで専門は精神医学、精神衛生。普段は日下部同様川崎校舎の方に勤務している。カウンセラーも兼務していて週に一回、目白台に通っている。

呼ばれたのは学生会館の三階にあるカウンセリングルームだった。

「こんなところまで来て呼びだててごめんなさい。まあ座って」

そばの椅子《いす》をすすめられた。

飯塚教授は五十代半ばの活発明朗な女性で、ややゆったりした体型と人間的な温かみを同居させている理知の持ち主だった。

日下部が日頃《ひごろ》敬愛してやまない上司ではあったが、やはり上司である以上、対座にはそこそこの緊張感が必要だった。

「ちょっと気になる話を聞いたものだから。あなたはどう考えるだろうと思ってね」

聡子は薄いピンクの眼鏡《めがね》のフレームごしに日下部を見つめた。おしゃれな彼女は白衣の

下にフレームと同色のTシャツを着込んでいる。

「実は一年前にここでカウンセリングした学生がいたのよ。被服工芸科の四年生だったわ。下田《しもだ》瑞希《みずき》、北海道札幌の出身。相談の内容は本人は大学を今すぐやめたいのに、親が反対していてかなわないというものよ。あと半年もないんだから卒業したらとわたしは勧めた。でも本人はそのためには今まで怠けていた罰《ばつ》で補習を何時間も受けなければならない、それが嫌だ、我慢できないという。かったるいという言葉を使ったわ。彼女とはそれっきり。後でわたしに相談してみたのは、担任にいわれてのことだとわかった。つまり彼女にとってはわたしは退学の手続きの一貫だったわけ。その彼女が行方不明になっていたの。今日、出身高校が同じ学生をカウンセリングしていてわかった。その学生と下田瑞希は偶然早朝割引の飛行機に乗り合わせたそうよ。新千歳でばったり顔があった。そしてそれが最後で、下田瑞希はその場所から忽然《こつぜん》と姿を消したのよ。親はすぐ失踪届《しっそうとどけ》を出したけれど、大学側には何も通達されなかった。退学して半年以上たっていたからよ」

「消えた下田瑞希のことが気になっていますね。責任を感じていますか？」

日下部は飯塚聡子の真意に迫ろうとした。

「たしかにある時期を境にわたしたちは、やめるという学生を強引には引き止めなくなった。一昔前の退学の理由は経済的なものだったけれど、今はまるでちがってしまったから。だけど今回のような話を聞くと、もう少し彼女の中に踏み込むべきだったんじゃないかと思えてくるのよ」

めずらしく教授はふさぎこんだ様子でいた。

「下田瑞希は大学をやめて何をするといっていましたか？」

「ジュエリーに興味がとてもあるといっていたわね。できればその筋のデザイナーになりたいと。アールヌーボー、アールデコ、エドワーディアン、そんな言葉を使って宝飾の素晴らしさを話してくれたわ。その時の彼女の目は輝いていた。専門用語が多い上に宝石はわたしには興味のない代物だったから、正直そうそう親身には聞いていなかった。そのことが悔やまれるのよ」

聡子はうかない顔のまま、

「それであなたに聞きたくなったのよ。彼女の失踪の事件性について」

と矛先《ほこさき》を日下部に向けた。

「ジュエリーデザイナー志望が札幌にいて叶《かな》うことはまずない。そのために彼女が帰省したとは考えられません。つまり帰省は親への説得とか、当座の生活費の無心とかそんな目的ではなかったかと思われます。あるいはもっと奇想天外に突然の結婚宣言とかね。どちらにせよ、夢の仕事とは結びつかない。ということは、彼女が帰省しながら親元のところに現われなかったのはおかしい。事件性は大いにあります」

日下部は事態を冷静に分析した。もっともその程度のことは、飯塚聡子もすでに理解しているはずだった。

「そうなのよね」

教授は深いため息をついた後、

「事件の具体性については？　そこまでは想像がつかない？」

とさらに聞いてきた。

日下部は黙って首を振った。

カウンセリングルームを出るともうあまり時間がなかった。午後五時三十分。今夜は水《みず》野薫《のかおる》の訪問を受けることになっていた。

水野薫は日下部と同齢の三十五歳。関西の国立大学を出た才媛《さいえん》で警視庁捜査一課の刑事である。

キャリアでありながら出世街道から外れてしまっているのは、当人の弁では男女不平等の警察の体質のせいで、一方周囲は口をそろえて、男の刑事顔負けの違法捜査の累積によるものだという。

日下部が水野に見込まれた最初は、ありがたくないことに容疑者としてである。以来さまざまな事件で関わり続けてきた。

それと水野は小柄な身体《からだ》には不似合いのグルメな大食漢で、料理を厭《いと》わない日下部とは趣味の一致を見ていた。

その水野が夕食を食べにやってくるというので、日下部は買い出ししなければならなかったのだ。

もっとも日下部のマンションは大学のすぐ近くにあり、六時前には家に帰りつくことができた。

メニューはモンゴル風ミートケーキである。これも縄文クッキーの進化版と日下部は見《み》做《な》している。

挽《ひ》いた肉はラムを使う。レバーや膵臓《すいぞう》のペーストを加えることもある。これに玉ねぎのみじん切り、すりおろしたじゃがいもとチェダーチーズを加え、卵、コーンスターチ、パン粉でつなぎ、しょうが、塩、こしょう、酢、しょうゆ、砂糖で調味する。厚さ一・五センチほどの平たい球形にして表面にゴマをふり、ゴマ油で焼く。

大きな皿に飾りつけナイフで切り分けて食べる。

いってしまえば変わりハンバーグというところなのだが、十二、三世紀に完成したレシピだと聞くと感慨深い。色濃くルーツに縄文クッキーを感じさせながら、味や舌ざわりをよくする調理法が工夫され尽くしている。

ミートケーキを焼き終わり、クレソンのサラダにとりかかっていると水野がやってきた。

水野薫は口さえ開かなければ美人の部類に入る。顎《あご》の線で切りそろえている栗色《くりいろ》に染めたボブヘアーにも女らしい情緒があった。また四季を通じて彼女は黒を着ていたが、細いばかりではなく形のいいくるぶしの持ち主であり、パンツと同じくらいスカートも似合っていた。

もっとも日下部は彼女が夏の一時期以外は着用し続けている、エナメル製で襟《えり》の大きいだぶだぶのコートが好きだった。颯爽《さっそう》としていて頼もしく奇妙な安心感を伝えてくれる。

今は季節柄、いつものコートはクリーニングに出されているのだろう。水野は代わりに、やはり黒のそしてたっぷりめの麻のジャケットを羽織《はお》っていた。

口紅は夏らしく朱の強いオレンジ。アイシャドーはブルー系。いよいよもって元気のいい印象だった。

「美味《おい》しいものに飢えてもいたけど相談ごとがあったのよ」

席についた水野は早速《さっそく》、ややワイルドな印象のトスカーナワインの赤を口に含んだ。ミートケーキを切り分ける日下部の手元をじっと見つめながら、

「実は身内に事件があったのよ。身内といっても親戚《しんせき》じゃなくて、佐竹捜査一課長の娘さん、十六歳が失踪したの」

といった。

若い女性が失踪するのは聞いたばかりの話である。

「家出じゃなくて？」

今の中高生には外泊を含む家出が常習化しているのが現実である。

「ちょっとした家出ならいずれ当人から親に連絡が来るはずよ。それにお嬢《じょう》さんの佐竹まゆ子は典型的な学校嫌いではない。高校は私立でも相当の受験校に入学したばかりだし、中間テストの成績も悪くない。友達とつるんで遊びまくるのが目的の、怠慢とわがままゆえの家出じゃないわ。その証拠に携帯を置いて出ていった」

そういった後ですぐに水野はミートケーキにかぶりついた。

「となると少し深刻だな。ボーイフレンドの線は？」

日下部はケーキを切り分けたナイフを皿の端に置いた。自分では気がついていないが眉《まゆ》をしかめていた。

「それはもう調べたのよ。中学時代好きな男の子がいて、その子が絵に描いたような不良の一人で、課長も奥さんもずいぶん悩んだみたい。でも彼は関係がなかったの」

「他の手がかりは？」

「彼女が本名で羽田から札幌行きの飛行機に乗ったことはわかっている。家を出た日曜日、一週間前のことよ。足取りはそこまで。持ち出したお金は五万円ほどだから、航空料金を引くと、とてもそれだけでは今まで寝泊りできているはずがない。何か家にいってくるのが普通なのにそれもない。わかっているのは他の乗客と一緒に彼女が空港に着いたことだけ。それで課長は完全なノイローゼ状態に陥っているの」

一枚目をたいらげた水野は二枚目を確保するべく、ミートケーキの入った皿を自分の方に引き寄せた。

「そうなると消えた所は新千歳空港ということになるね」

そこで日下部はさっき聞かされたばかりの下田瑞希の話をした。すると水野は、

「新千歳から若い女の子たちが消える理由の見当つかないかな。あなたみたいな地元の人間ならぴんと来ることあるんじゃない？」

と聞いてきた。

日下部は苦笑し、

「新手《あらて》の人身売買のシンジケートをでっちあげるしかないな」

といった。

三

その言葉を日下部は冗談でいったつもりだったが、水野は真顔で受けとめ、

「この不況下、たしかに新手の北海道売春ツアーがあってもおかしくないわね」

などといった。

思わず日下部は噴き出し、

「ただし盲点はどうして道外の女性を拉致《らち》同然にスカウトするかだ。空港で拾うとしたら客の方がふさわしい。となるとこれは香港《ホンコン》マフィアの陰謀だろうか？」

といってみた。

そこでやっと水野は気がつき、

「それをいうなら香港は遠いわよ。ロシアンマフィアというべきね」

笑いながら流してくれた。

それから十日ほどして日下部は女性たちが消えた新千歳空港に降り立った。

白老町から車で一時間ほどの距離にある過疎の村を訪れるためだった。喜多川諒子が空港まで迎えに出てくれていた。

「わたしの方で先生をお探しします。その方がきっとまちがいないでしょうから」

電話の諒子はいった。日下部はテレビの教育番組でアイヌ文化講座の講師をもう何年もつとめていた。彼は目立つ容貌《ようぼう》である。

「日下部先生ですね」

出口に待っていて笑顔を向けたのはまだ三十前の女性だった。長く伸ばした髪をくるくると無造作にまとめて長い足をぴっちりしたジーンズに包んでいた。小麦色の肌は顔から首、Tシャツの胸元へと続いている。なだらかな肋骨《ろっこつ》の線と険しいバストラインが対照的だったが、曲線美であることにはかわりがなかった。

「驚いたお顔ですね」

挨拶《あいさつ》を交わすなり日下部は諒子に指摘された。きびきびした明るい口調だった。

「実はもっと年配の方を想像していたものですから」

日下部は本音を洩《も》らした。電話の声はわりに落ち着いていたように思う。

二人は空港内の喫茶店で向かいあった。話は喜多川諒子が主動的に進めた。

「わたしは札幌にある大学を出て研修医を二年。この春故郷へ戻って開業したばかりなんですよ。新米医者ね。だから特に電話は軽々しくならないよう気をつけています」

諒子はいった。

「ほう、女医さんでしたか」

生来日下部はこの手のバイタリティーのあふれきっている女性に弱かった。一方的に押しきられる傾向がある。水野薫しかり。

「村に医療施設は？」

日下部は聞いてみた。

「八十を越えた内科医が一人だけ。ナースはいません。おじいちゃん先生は目が不自由になってきているため、注射や点滴は六十代の奥さんの仕事です。ただしこの奥さんには資格はありません。今のところ事故も起きていません。でも考えてもみてください。道内一の過疎の村ですよ」

諒子はさばさばといってのけた。

「ということはあなたはいつもたいへん忙しい。いいんですか？　こんなところに来ていただいていて」

「大丈夫です。今日一日はおじいちゃん先生と奥さんに頼んできましたから。それに経験が違いますからね。彼は知力勝負でわたしは体力勝負みたいなところあるんです。心配には及びません」

諒子はまっすぐ日下部の目を見据《みす》えていい切った。そして、

「それに日下部先生にはどうしても了解していただきたいこともありましたし」

と続けた。

「宿泊のことですね。それなら」

すでに電話でも諒子に話したが、日下部には白老に博物館関係の知人がいて、相談するとその人物が二つ返事で町営の宿舎を紹介してくれていたのだった。

「でも白老からだと片道一時間はかかりますよ。往復で二時間。時間のロスだわ」

「しかしずっとお宅にお世話になるというのは、どうにも気が引けることですよ」

日下部は率直にいった。

「実はどうしても先生にお話ししてアドバイスをいただきたいことがあるんです」

喜多川諒子は必死の目色《めいろ》になった。

「その前にわたしども喜多川家についてお話ししなければなりません。士族移民という言葉を先生ならご存じですね」

「知っています。明治政府が北海道の開拓を行なうために募った武士階級の移住者のことです。この試みには仙台藩や会津藩を中心に徳島藩、尾張《おわり》藩、金沢藩なども参加したと聞いています」

「喜多川家は有珠《うす》郡に入植した仙台藩の伊達邦成《だてくにしげ》の流れを汲んでいます。そのため祖父喜多川達三《たつぞう》は誇り高く名門意識が強いのです」

「今でもですか？　おいくつです？」

「七十三になります」

「失礼ですが、アイヌの資料を残されたお父さんはいつお亡くなりになりました？」

「二十八でこの村で亡くなりました。若年に多いスキルス性の胃癌《いがん》だということでしたから、当時は手のほどこしようがなかったでしょう。二歳だったわたしの記憶にはありません。父はいわゆる全共闘世代で大学での専攻は民俗学でした。自分の専門分野を通して社会と対峙《たいじ》していこうと考えたようです」

「それで日本の縄文人のルーツであるアイヌに興味を持たれたのですね」

「政治活動も皆無ではなかったようですが、天職はこれと決めていたのだと思います。絶滅しかけているアイヌ民族には文字がなく、伝承文化を何とか後世に遺《のこ》すには聞き書きしかないと決心したようです。晩年は祖父ともまあまあの折り合いであったと、三年前に亡くなった祖母から聞きました」

「お母さんは？」

「母は父が東京で知り合った同郷人です。登別《のぼりべつ》の出身で服飾デザイナーをめざして上京し、挫折《ざせつ》してスナック勤めをしていたところを父がみそめた。そんな成り行きです。父も母も若く二人が結婚したのは、たぶんわたしができたからでしょう」

諒子は普通いいにくいことをさらりといい捨てた。

「さぞやお祖父《じい》さんは結婚に反対したでしょうね」

「もちろん。ただアイヌの聞き書きのために息子夫婦が村へ帰ってきてからは、嫁の母をとりたてていびるとかいじめるとかはなかったようですよ。孫のわたしに愛情が深かったのかもしれません。父が亡くなった後も未亡人の母を追い出すようなことはなかったのです」

「すると問題はお母さんの方にあった」

「たぶん。母は服飾デザイナーを志したことがあるだけに、色香のあるおしゃれな人でした。ファッションモデルにスカウトされたこともあったというのが自慢で、つまり圧倒的に男性にもてるタイプだったのです。性格も外向的でしたし。父が亡くなった時母はまだ二十二で、村中の男性の垂涎《すいぜん》の的《まと》でした」

「わかるような気がしますね」

日下部は目の前のスタイルのいい勝ち気な美女を見つめた。

「その中の一人と母は駆《か》け落《お》ちをしたのです。父が死んで一年とたっていませんでした。わたしは置いていかれ祖父母に育てられました」

「その後お母さんとあなたの交流は？」

「母はほどなく駆け落ちした相手と別れ、何回もわたしに会いたい、引き取りたいといってきました。祖母はできた人で一緒に暮らすのでなければ、会わせた方がいいという意見でした。祖母は母のような女性には、生涯異性問題がつきまとうことを看破していたのです。そしてそれは子供の教育に悪影響を及ぼすと見做《みな》したのですね。そんなわけでわたしは母と時折会っていました。母は実家の旅館で仲居頭のようなことをさせてもらって、妹との生計をたてていました」

「妹さんがおられる」

「ええ。もちろん父はちがいます。彼女が小学校に上がる時はじめて会いました。わたしはすでに高二でしたから、姉というよりも年の近い叔母《おば》のような感情を抱いたのを覚えています」

「どうやらあなたのご心配の種はその妹さんのようですね」

日下部はやっと核心をつかんだ思いだった。

「祖母に続いて去年母が亡くなりました。四十五歳でした。心臓麻痺《まひ》です。発見されたのは札幌のシティホテルでしたが、連れの男性の存在を警察で知らされました。わたしも十代ではありませんから、情けない、汚らしいという思いはもうありません。同性としてこういう結末もあるのだなと思うばかりです。案じられたのは妹、翔子《しょうこ》のことでした。翔子は中学三年でちょうどむずかしい年頃《としごろ》だったからです。母方の祖父母はすでに故人で、旅館は母の弟の代になっていて、翔子は選択を迫られていました。高校へ進学させる代わりに旅館を継ぐようにと。叔父《おじ》夫婦には子供がいなかったからです。そこでわたしは翔子の意志を確認した上で、札幌のアパートに引っ越させました」

「それから故郷の村へ、さらなる引っ越しですね」

「今年の一月、突然祖父が卒中で倒れたのです。まだ未熟ではあるけれど踏切る時だと思いました。何かとお金のかかる医学部に進学できたのも祖父のおかげだったからです。感謝していました。そして翔子は祖父に談判して一緒に連れ帰ることにしたのです。祖父と翔子は血がつながっていませんが、それを理由に祖父が彼女に辛《つら》くあたることはありませんでした。ただ」

　そこで諒子ははじめて口ごもった。

「お祖父さんとしては現代っ子の妹さんに一家言あった」

「まあ、はじめはそういうことでした。髪の色とかスカートの長さとか、帰宅時間とか。

そのうちに妹は学校へ行かなくなって、とうとうある日祖父の逆鱗《げきりん》に触れました。すると突然翔子は家を飛び出してしまって、今登別の叔父のところに居候《いそうろう》している状態なんです」

「思いなおして旅館を継ごうというのなら、それでいいんじゃないですか？」

「だといいんですけど。叔父はもうそんなことは全く考えていないから、至急翔子を引き取りに来てほしいというんですよ。何があったか——」

「やっとわかりました。わたしに白羽の矢が立ったわけが」

日下部は立ち上がり、

「登別となるとここから車で四十分ほどですか」

といって微笑《ほほえ》みながら腕時計を見た。

「すみません。ほかに頼りになりそうな方を思いつかなかったものですから」

そういって喜多川諒子はテーブルの上のキーホルダーをつかみとった。

二人は諒子の運転するジープで登別に向かった。途中どちらともなく低迷する景気の話になっていた。

「特に観光関係は辛いようです。叔父も愚痴をこぼしていました。昭和四十年、突然登別に温泉が噴き出て、土地持ちだった祖父母がはじめた旅館です。バブルの頃は相当の数の旅館があったといいますが、今は三十軒を割ると聞きました」

「井戸《いど》無《な》村《し》にも温泉はあったんじゃないですか？」

井戸無村は有珠郡の一部で諒子の喜多川家がある。

「登別と同じ頃列島改造の勢いで掘り当てたものがあります。ただうちの村は山間にありますから端《はな》っから観光には不向き。温泉は希望する村人の各家に引かれた程度です」

「となると村民の生業《なりわい》は農業ですね」

「ええ。井戸無は長いもや玉ねぎ、アスパラガスなどの名産地ですから。あと蘭《らん》の栽培など温泉の地熱を利用するバイオハウスも増えてきています」

「それは頼もしい」

日下部が相づちを打ちかけると諒子は、

「ここを訪れる人たちは非の打ちどころのない自然がまだ生活の中に残っていると感嘆されます。でもそれだけではないんです」

苦渋の滲《にじ》んだ顔になった。話を続けた。

「全国的に青少年の性病が激増してきたといわれていますが、人数ではなくパーセンテージで比べれば井戸無は全国一かもしれません。ここは陸の孤島のようなもので都市部から完全に隔離されています。ただしテレビなどのメディアを通じて情報はあふれるほど入ってくる。ブランドなどの物質讃歌《さんか》と恋愛の謳歌《おうか》。ここでは子供たちにとってメディアの伝えてくる現実を生きることがトレンドなのです。もちろんこれには援助交際も含まれます。おじいちゃん先生が引退を表明しはじめたのもそれが原因です。十代の性病患者を診察していると、自分のやってきたことが空《むな》しくなると」

「青少年の魂の空洞化は井戸無村に限ったことではありません。日本人全体の大問題です。ただとりわけ過疎の村はメディアに冒されやすい環境にあるとはいえます」

「それもあって妹のことがわからなくなって」

バックミラーの中で諒子の目はさらなる苦悩の色を映している。

「学校に行かないのはけしからんと祖父はいうのですが、どうやらあの子はいじめにあっているらしいんです」

「原因は？」

「転校したての頃は何人もクラスの友達が押しかけてくるような人気でした。それがある日突然、もう学校には行きたくないといいだしたんです。本人に聞いても理由はいいませんん」

「井戸無村ではお母さんのことを知っている人が多いわけですね。それをとやかくいわれたのでは？」

「あり得ることです」

そこで諒子は言葉を切った。それからしばらくして、

「わたしも祖父によくいわれましたから。あの母親の娘だからだらしない女だと後ろ指をさされないようにしろと。いわれるたびに嫌でしたね。祖父が嫌いではないのに嫌でたまらなかった。母ではなく自分を否定されたような気がしました。もしかしてあの子もそんな風に感じているのかもしれません」

といった。

登別に着いたのは三時をまわった時間だった。駅前を通りすぎる。温泉行きのバスが一台出発したところだった。ジープはその後を追うように高速道路に沿って走っていく。

青々と葉を茂らせた桜並木が両側に続いている。そこをすぎるとほどなく硫黄《いおう》の匂《にお》いが鼻をついてきた。

バスは温泉の停留所で止まった。バス停のすぐ先から坂道がはじまっている。石畳風に敷き詰められたブロックの道の左右を見渡すと、前方に土産物屋《みやげものや》や飲食店がずらりと並んでいる。後方が六、七階建ての旅館やホテル。坂道をのぼるにつれてさらに硫黄が強くたちこめてきた。

「この坂の北側に熱湯や熱泥をたぎらせている地獄谷があるんですよ。そこから出る白い噴煙や蒸気がこの匂いのもと」

諒子がジープを降りかけながら説明してくれた。

彼女たちの叔父夫婦が経営する旅館は並びの中ほどにあった。ロビーは閑散としているだけではなく、緋《ひ》色《いろ》の絨毯《じゅうたん》はしみが目立ち、一目で手入れを怠り続けていることがわかった。

日下部は無人のロビーでソファーに座っているように諒子からいわれた。奥へと消えた諒子は五分ほどで、背の高いがっしりした体格の中年男性とともに戻ってきた。姿勢のいいその男性は、

「叔父の川辺良一《かわべりよういち》です」

背中を折って几帳面《きちようめん》に挨拶《あいさつ》をした。日下部も倣うと、

「話はこの諒子から聞きました。翔子のこと何とか相談にのってやっていただけると助かります」

といった。それからこの不況で旅館の経営が立ち行かなくなりそうになっていること、そんなさ中ふらりと舞い戻ってきた姪《めい》の翔子に妻も自分も手を焼いていることなどを、率直な口調で話してくれた。

「家にいてぶらぶらしているのはいいんですが、板前たちをからかうのは困りものなんです。前にいた時はそんな風ではなかったんですけどね。相手の男の借金を肩代わりさせられるとか、売り上げ金を持ち逃げされるとか、とにかく姉の行状には一家で悩まされていました。それで妻がやはり血は争えないのかもしれないといい出しましてね。寝込んでしまいました」

「つまり養女の話はご破算なわけですね」

日下部は相手の真意に触れた。

「正直商売もこんな具合でそれどころじゃないですから」

川辺良一は苦虫を嚙《か》みつぶしたような顔で逃げきった。

「翔子は今どこに？」

黙って二人の話を聞いていた諒子がいった。

「離れの二階」

そこで日下部と諒子は旅館の裏手にあるモルタル造りのアパートへと足を向けた。外の階段をのぼりかけると、二階の部屋から鳴り続けている音楽が聞こえてきた。それは若者たちに爆発的な人気の女性シンガーの歌声だった。宙が切り裂かれるような感覚的な肉声がこだましている。

部屋の中はベッドとラジカセ、ふたが開いたままのモスグリーンのリュック。ドアの鍵《かぎ》はかけられておらず翔子は不在だった。

「行き先なら心当たりがあります」

諒子はいった。

「あの子はクマが好きなんです。だから小さい時から始終クマ牧場へ行っていた」

二人は温泉街にあるロープウエイの乗り場へと向かった。クマ牧場は嶺《みね》の頂上にある。

北海道の開発が進むとともに多数いたヒグマたちは住みかと食料を脅《おびや》かされ、人間の居住地区に下りてくるようになった。そうした捕獲されたヒグマたちを殺さずに保護しようというのが、この牧場の試みだった。ここでは二百頭近くのヒグマがコンクリートの囲いの中で飼われている。

日下部も一度訪れた経験があった。大人のヒグマたちはどれも過剰に餌《えさ》を与えられているせいで肥満気味であり、巨体をもてあまし気味にごろりと横たわっていたのを覚えていた。

「翔子」

諒子が呼びかけた。

少女は鉄でできた子グマの柵《さく》の前でうずくまっていた。日下部は子グマの様子に目を奪われた。犬ほどの大きさの子グマたちが五頭。活発に動きまわりながらじゃれあっている。黒目がちの目は獰猛《どうもう》だが生き生きと輝いていた。ものうげな大人のクマの灰色の目とは比較にならない。

中でもリーダーと思われる子グマの目は黒曜石のように鋭かった。これに順番に飛びかかられる他の子グマたちは必死の形相《ぎょうそう》で身をかわす。そのたびに彼はちろりと桃色の舌を出して見せた。ある種の残酷さはまぎれもない生気なのだと納得させられてしまう——。

「翔子」

再度姉は妹を呼んだ。

少年のような頭の翔子が振り返った。青、赤、紫。ショートカットの少女はわざとらしく濃い化粧をしていた。その顔でにっと笑った。だが日下部は見逃さなかった。彼女の歯が食いしばられていることを。

四

「迎えにきてくれたのね。ありがとう」

少女は姉に向かって屈託のない口調で礼をいった。それから一緒にいる日下部の方へうさんくさげな視線を移した。諒子はあわてて日下部の身分と喜多川家を訪れる目的について話した。

「しばらく滞在されるのよ」

宿泊については了解した覚えはなかったが、すでに決定事項と化していた。

「それではご好意に甘えることにしましょう」

結局彼は従う羽目《はめ》に陥った。

「へえ」

日下部に対して翔子が発した言葉はそれだけだった。一方、

「帰るからには顔を何とかしてね」

姉が注意すると、

「うん」

これには素直にうなずいて、ポケットから出したティッシュペーパーでごしごしと顔の色を拭《ふ》きとった。

その後三人は井戸無村をめざすことになった。登別から井戸無までは一時間半ほどの距離である。

「これが電車で行くとなるとおおごと。登別から札幌に出てそれからローカル線かバス。それも日に一、二本。東京からだと一日がかりでも危ない。井戸無へ来てはじめて北海道は広かったんだなんていう人もいるくらい」

運転中の諒子は陽気を装って他愛のない話を続けていた。彼女の携帯はそんな雑談の最中に鳴り響いた。

「例のおじいちゃん先生から。ＳＴＤで気になる患者が来ているから帰りに寄ってくれというの」

諒子は声を下げていった。ＳＴＤといったのは乗り合わせている翔子への配慮で、性感染症の総称である。

井戸無村に着いたのはちょうど夕暮時だった。村の入口には三段の層をなしている大滝が白く逞《たくま》しく豪快な音をたてていた。

医師の家は山神講《やまがみこう》と彫りつけられた岩のすぐそばに建っていた。日下部はレンガ造りの建物が何かに似ていると思い、しばらく思案していて気がついた。道庁の旧本庁舎である。もちろん医院を兼ねた個人の住宅にすぎないからあれほどのスケールはないが、窓やレンガの積み方などはそっくりだった。

「二十分ほど待っていてね」

ジープから降りた諒子は妹にそういい、日下部には、

「富永《とみなが》先生にご紹介させてください」

と誘ってくれた。

建物の中はさすがに旧本庁舎風ではなかった。四畳半の玄関のすぐ向かいが階段で後方に診察室と書かれた木の札が見えている。もう何十年と漂い続けてきた消毒薬の匂《にお》いが、階段の手すりや廊下、そこかしこにしみついていた。

「以前は一人で内科、小児科、産婦人科、外科と受け持っていらした。二十年以上前、二階の客間が入院患者でごったがえしていたのを覚えているわ」

諒子が説明してくれた。

玄関の扉が開く音を聞きつけて医師が現われた。肩までの白髪に白衣。背と鼻が高く目と唇が大きい、北海道人に時折見られる西洋人的な風貌《ふうぼう》の持ち主だった。

諒子が日下部を紹介し挨拶《あいさつ》を交わし終わると、

「長く生きているのも辛《つら》いことだと最近は思っているんです。ごらんになればわかりますよ」

と相手はいった。瞳《ひとみ》の奥にある陰りはある種の痛みのように見受けられた。

患者の少女は十二歳でまだ小学生だった。母親が付き添っていた。農家の主婦の素朴な表情で青い顔の娘を案じている。

少女の訴えは下腹部と咽頭《いんとう》部の痛み、三十九度近い発熱だった。

「流行の風邪《かぜ》でしょうか？」

三十代の母親は怯《おび》えた様子で諒子に聞いてきた。諒子は首を振り、

「風邪なら一週間前に処方した抗生物質でよくなっているはずですよ。検査の結果が届いています」

手元のカルテを引き寄せた。

「お嬢《じょう》さんは二種類の性感染症にかかっています。採取した尿からクラミジア菌が検出されていますから、下腹部痛は子宮の炎症と考えられます。喉《のど》の痛みは淋菌《りんきん》性咽頭炎によるもの。どちらも専門医の適切な処置による根治療法が必要ですね。最悪の場合は不妊症になります」

諒子は淡々とそれだけの説明を済ますと、一番近い町の病院への紹介状を書いた。それ

から、

「二種類以上の性感染症は複数のパートナーによる性行為のつけと考えていいでしょう。それと喉や肛門《こうもん》を使ってのセックスでもこれらの病気はうつるんです。必ずご紹介した病院へ連れて行ってください」

と母親と少女の顔を交互に見ながらいった。まだあどけない表情の小学生は熱のせいもあるのか、終始ぼんやりとしていた。

親子が帰ると諒子は立ち上がり白衣を脱いだ。

「あまり親身でないように見えたでしょうね」

日下部は聞かれた。うなずきかけると、

「村は閉鎖された社会ですからね。村の人間であるわたしがこの手の病気に踏み込むのはかえってマイナスなんです。だから事務的にアドバイスだけして治療は村の外で行なってもらう。それがベストなんです」

といった。

「でもそれでは効率が悪くありませんか？　性病にかからないように予防キャンペーンを行なうとか、できることはもっとあるはずです」

日下部は反論した。

「受け入れてくれればね。親は誰《だれ》でも自分の子に限ってという気持ちがあり、子供が性病にかかるという現実を直視しない傾向があります。特に三十代後半から四十代の親たちは、自分の子の経験している恋愛はプラトニックなものだと信じたがるんですよ。そして婚姻外のセックスはプロのものだと見做《みな》している。恋愛にはセックスがつきものだし、今はプロもアマもない時代だということを認めようとしない。それはここに限ったことではありません。いわば精神主義の亡霊みたいなもの。日本全国の家庭についていえることじゃないかしら」

いった諒子は日下部を見据《みす》えた。

すると突然、

「悪いのは何年か前の性教育じゃないのか。あの時エイズ予防のために全国の公立学校でコンドームが紹介された。だがそのコンドーム教育は何をもたらした？　あれは子供たちのセックス熱を盛り上げただけだった。コンドームさえあれば鬼に金棒、絶対安心という信仰を作りあげたんだ。本来コンドームで妊娠や性病を予防するには、細心の取り扱い注意が必要だ。そうでなければあれは単なるおまもりのゴム切れにすぎない。遊びなれた大人ならできる。だが衝動の虜《とりこ》になっている子供たちにそれができるとはとても思えない。ちがうかね？」

富永恵一郎《けいいちろう》が叫ぶようにいった。さっきは気がつかなかったが、しみの目立つ医師の顔は目のふちも白目の部分も赤く、息が荒かった。

日下部は黙ってうなずいた。諒子もうなずいたが相づちは打たなかった。彼女は診療机の上に置かれた分厚い書類袋を抱《かか》えて玄関へ向かった。

諒子はジープへ戻る小道をわざと迂回《うかい》した。闇《やみ》の中で白樺《しらかば》の樹皮が香りブナの木の葉がさわさわと鳴り続けている。

「富永医師は時折ああいう具合になられるんですか？」

聞いておくべきだと日下部は判断した。

「ええ。今日は奥様が外出されておられたようですね。そんな時は昼間から深酒なさる」

といって諒子は一度言葉を切り、

「わたしが故郷に帰る決心をしたのもそれでした。今の先生はＳＴＤにかかりかねない子供たちの親たちとはちがう意味で、この現実に耐えられない方だとわかったからです。先生のお祖母《ばあ》さんは英国人で開拓時代の宣教師の娘さんだったと聞きます。先生ご自身も北海道をこよなく愛され、ご自分の使命を生きようとされてきた人生でした。門の近くにあった山神講をごらんになりましたか？　あれは無医村時代の遺物で開拓民である村人たちが、安産を自然神に祈願していた名残《なご》りなんです。キリスト教徒である先生があの碑がある近くに家を建てて開業したのは、医師としての初心を忘れず、この村に殉じようとした心のあらわれだったと思います。ただ先生の神経はとても繊細で、変わっていく時代と村人の姿にきしみはじめてしまった」

とやや暗い口調でいった。

「あなたのお祖父《じい》さん、喜多川達三さんはいかがです?」

八十近い富永恵一郎と七十三だという喜多川達三はほぼ同期のはずだった。

「祖父は富永先生を尊敬しています。そのあまりわたしを医者にしたのですから。もっとも祖父は先生ほどインテリでも繊細でもないせいで元気です」

「農作業はもちろん現役?」

「忙しい時には何人か人を雇いますが、基本は一人です。ただ頑固すぎて」

諒子の声は明るさを取り戻してはいたが、げんなりした調子にもなっていた。

「何か問題でもあるんですか?」

日下部は率直に聞いた。これから喜多川家に世話になるとしたら、何より敵情視察が必要だった。それにどうやら喜多川達三という老人は、難攻不落の人物のように見受けられている。

「実は北海道でもここいらの地域は従来、農薬の使用が過多なんです。一時は法律で定められたぎりぎりの線を散布していたということです」

聞いた日下部はすぐ明治十年代に起きた大規模な虫害を思った。それは十勝《とかち》平野から発生したバッタの大群が畑の作物を根こそぎ食い荒らしながら移動、札幌、真駒内《まこまない》、小樽《おたる》などの広範囲で大災害を巻き起こした史実であった。

空からバッタが分厚い壁となって襲いかかってきたという、ホラー映画さながらの話でもある。まさしく緑色の悪魔。そのせいもあって北海道の人たちは害虫駆除に余念がないのだろう。そのことを指摘すると、

「まあそうなんでしょうけど、そうもいっていられない事態にもなってるんですよ」

と諒子はいって暗闇《くらやみ》の中で手にしていた書類袋を掲げて見せた。

「これは富永先生が毎年協力してくれる村民を対象に行なっている検査結果。NK細胞活性率を中心に調べたものです。それによると年々、この地域の人たちの免疫抗体の値は下がっているんです。先生は原因を農薬と見做しています。それで先生は村役場に農薬の使用禁止を申し入れ、代わりに生物農薬を提案しました。八年前のことです。先生の案は一部取り入れられて、今では農家の約七割が開発されたテントウムシ、害虫を宿敵とするこの便利な虫の恩恵に与《あずか》っています。祖父はちがいますが」

「お祖父さんが生物農薬に反対する理由は何かあるんですか？」

「人間の利己心のために生きものの種をいじるのはふとどきだというんです。それならまだ化学物質にすぎない農薬の方が安心できると。品種の改良は稲をはじめ数々の農作物で続けられてきた人間の知恵でしょう？　祖父のいい分は恥ずかしいぐらい無茶苦茶な感情論なんです」

「でも三割はお祖父さんの側に立つ人もいるわけでしょう？」

「さっき村民の免疫抗体は低下し続けていると申しましたね。数値を下げている張本人は学齢期以降の若年層なんです。生物農薬が使用されるようになってから、中高年層の値は変わっていません。もともと人間の免疫は老化とともに低下する傾向がありますから、変わらないというのはそれなりの成果といえます。でもこれは理解されない。農薬との因果関係なんてないじゃないかという人もまだいます。若年層の値が低下しているのは、徹底していない農薬対策に加えて、この村の雑貨屋でも売られているインスタント食品、未成年者の喫煙、飲酒が関係しているのはまちがいないところ。でも今のところ立証はできていません」

「感染症による発病の有無はその大部分が当人の免疫力にかかっているといいますね。とするとここの若者に頻発するＳＴＤとも関係がありそうだ」

日下部は鋭く指摘した。

「たぶん。ただしこちらとの関わりに至っては、証明するのはさらにむずかしいでしょうね」

言葉少なに諒子は答えた。

ジープに戻ると翔子はうたた寝していた。あどけなさの残る妹の顔を見ながら諒子は微笑み、

「まだまだ子供なんでしょうね」

といった。

さらさらと流れる水の音を背にして車は止まった。喜多川家は国道沿いの川辺にあった。富永医院によく似た西洋風の建物が敷地の中ほどにどしんと建っている。

「祖父がいかに富永先生に心酔していたかわかるでしょう？　生物農薬のことさえなければ今でも行き来は続いていたはずですもの」

いった諒子はため息をついていた。

小川の手前一帯は水田で国道をはさんだ向かい側は畑だった。どちらも喜多川家の所有で、他に水田は母屋をぐるりと取り巻くように広範囲に存在しているのだと諒子は説明してくれた。

「明るい時にゆっくり見学なさってください」

玄関を入ると中の造りもやはり富永医院にそっくりだった。まず二階へと続く階段が垂直に伸びているのが目に入る。中二階のある間どりで、壁に風景や花などの油絵や名画の複製、写真のフレームなどが貼《は》りつけられているのがいかにも西洋的だった。

「画は祖母の趣味だったんですよ。祖母はなかなかの人で文化一般に強かった。父はきっと祖母の血を引いたのね」

諒子は奥の台所から出てきた達三に聞こえないように小声でいった。

玄関の扉を開けた時から気がついていたが、家中に香ばしい肉の匂《にお》いが充満していた。

ズボンに薄手のアノラックといったスタイルの喜多川達三が立っていた。アノラックの下は白い丸首のシャツ一枚で、ミトンをはめた右手に肉ばさみを持っている。

「お帰り」

達三は低い声でぼそりといった。彼の容貌《ようぼう》はさっきの富永恵一郎とは対照的で、小柄な背と真っ黒に陽に焼けた肌、一見感情の所在の見当がつきかねる、平板な目鼻立ちの持ち主だった。

日下部が挨拶《あいさつ》をすると、

「諒子から聞いています」

と答えただけだった。

夕食は台所から続いているダイニングルームの細長い丸テーブルに並べられていた。焼きたての伊達鶏《だてどり》の丸焼き、炒《い》ってすった大豆の風味がいい実だくさんの呉汁《ごじる》、きゅうりとすももの漬物、ご飯といったメニューである。

すもも漬けはこの地方特有のもので、屋敷まわりに植えてあるすももを梅漬けと同じように、しその葉を入れて塩漬けにしたものである。

達三の寡黙《かもく》さに気圧《けお》されたのか、食事の時間四人はほとんど無言だった。翔子は伊達鶏が気にいったのか、そればかり食べている。ふてた様子はないが達三とは言葉を交わそうとしないし、目を合わせようともしない。

茶をいれたのは諒子だった。その時になって突然達三は口を開いた。はすむかいに座っている翔子を見据《みす》えて、

「日下部先生にも聞いておいてもらいましょうか。これは誰《だれ》に聞かせても恥ずかしくないわしの信念です。わしらの住むこの北海道は内地からの寄り合いです。自然と生活は厳しくみんな協力しあって生きてきた。だから今さら血のつながりだの、家系だのというものに固執する気はありません。ただ赤の他人同士であってもそれなりのルールを守り、人の道は外さずにやってほしいと思う。わしが家族に求めているのは実に簡単なことなんだよ」

といった。そして台所へ歩いて行き、籠《かご》に盛ったグズベリーを持ってきてぽんと翔子の前に置いた。

「翔子の好物じゃないの」

諒子が華やいだ声を出しかけるのと、翔子がグズベリーのつややかな黒い実から目をそむけるようにぷいと立ち上がり、その場から姿を消したのとはほとんど同時だった。

翌朝日下部はめずらしく六時に目がさめなかった。彼に割り当てられた客間は中二階の洋室で、家族はみんな一階に自分の部屋を確保していた。そのため二階は誰も起きだす気配がなく静寂この上なかった。しかも日下部が目を覚ましたきっかけは野鳥の鳴き声とい

う贅沢《ぜいたく》なものだった。

午前八時少し前。身仕度《みじたく》を整えてダイニングルームへ下りていくと、無人のテーブルには和食と洋食、両方の用意がされていた。コーヒーと味噌汁《みそしる》の匂いが入り交じっている。台所の水切り場にはすでに達三と諒子、二人分の食器が乾かされている。

きっと翔子はまだ起きてきていないのだろう。日下部は遅れついでに彼女と朝食をともにすることに決めて、散策を思いついた。

玄関から外に出て喜多川邸をぐるりと見回した。前方が小川と国道であることはわかっていたが、はるか後方には山林と川が見えるだけで、隣家は見当らない。

母屋の裏手の菜園に隣接して、堆肥《たいひ》置場になっている納屋と使われていない馬小屋があった。日下部はそこへは出向かず小川の方向へ歩き出した。到着してすぐ耳を楽しませてくれた、せせらぎの正体を確かめてみたかったのだ。

土手に果樹の類《たぐ》いを見つけた。グズベリー、カリンズ、ぐみなどでグズベリーはまだ実をつけている。日下部はふと、昨夜台所からグズベリーの籠を運んできた達三の報われない好意を思い出した。達三は翔子の好物だと知っていてこのグズベリーを摘んだにちがいない。

果樹の茂る真向いも納屋だった。薪小屋《まきごや》だったと思われる廃屋の隣りが鶏小屋。柵《さく》の中をのぞくと三十羽ほどの伊達鶏が、囲いの中で威勢よく土を蹴《け》り上げている。

次に彼は小川を渡ることを考えた。橋のある場所に向かって進むと、遠方の畔道《あぜみち》で向かいあっている人影が見えた。

橋を渡り終わるとその片割れが達三だとわかった。もう一人のひょろりと伸びた若い男にはもちろん面識などなかった。ただし達三とも目にしている田園風景とも明らかに異質だった。背広の襟元《えりもと》からぶらさがっているネクタイの柄はドナルドダッグで、奇妙に幼く、端正な面差《おもざ》しの顔の印象とは不似合いに思われた。

一瞬若い男の顔が歪《ゆが》んだ。達三が背伸びをするような動作で相手の胸ぐらをつかんだからだ。そこでやっと日下部は二人がいい争っていることに気がつき、仲裁のために走り出した。

五

かけつけた日下部は相手の襟首《えりくび》から達三の右手をひき離した。

「いけませんね」

まず達三に向かっていった。

若い男のネクタイは襟のはるか下にほどけてだらりとぶらさがっている。ドナルドダッグが泣いているように見えた。一方男の表情はもう歪んでなどおらず、日下部を見つめて

微笑した。器用な手つきでネクタイを結びはじめる。そして、

「いやはやまいりました」

余裕のある口調で続けた。それから、

「速見《はやみ》といいます。ここに駐在している農薬会社の社員です」

背広のポケットから名刺を出して渡した。

速見卓《すぐる》　㈱日本ファーマーズ　特別開発事業部　第三研究室長
「ほう。お若いのに管理職ですか？」

日下部が驚くと、

「見かけほど若くはありません。三十はすぎています。特に十代の女性たちにはちゃんと見抜かれます。それに本社は関西にあって、ここはまさしく一人オフィス、島流しみたいなものなんです」

と速見は率直に答えた。続けて、

「わたしはただ生物農薬の価値についてお話ししていただけなんですよ」

困惑した様子で達三を見据え事態の説明にとりかかった。

「そうではないだろう。この若造はわしのやり方を前時代の遺物だと侮辱した。環境問題に弓を引いているに等しい、時代遅れの耄碌《もうろく》じじいだともいったぞ」

達三の目はまだ怒りに燃えていた。今にもまたつかみかからんばかりの勢いだ。

「いい方が悪かったことは認めます。でも本筋においてはまちがったことはいっていない。その自信はあります」

速見は苦笑いをしながらわずかだが胸を反《そ》らして見せた。そして、

「いいですか？　免疫の低下、癌《がん》の多発など農薬が人体に及ぼす被害については、アメリカではとっくに立証済みなんです。そして井戸無村の富永先生には先見の明があった。それでここは道内でも早くから住民対象に検査を持続的に行ない、活路を生物農薬に求めてきました。その成果はすでに出ているじゃありませんか？」

といいながら立っている農道から畔道の方へ歩いていくとかがみこみ、また立ち上がって戻ってきた。軽く固めた右手のこぶしを開いて日下部に見せた。

「テントウムシです」

三センチはゆうにある大きなテントウムシだった。つややかな玉のようで黒い斑の入った深紅《しんく》のルビーを想《おも》わせる。身が厚く頑丈そうで化粧したゲンゴロウのようにも見えた。

「いかもの食いの化物《ばけもの》だよ」

達三が吐き捨てるようにいった。

「これはまた感謝のないお言葉ですね」

速見はテントウムシをつまみあげてひっくり返して見せた。虫はばたばたと暴れ必死に獰猛《どうもう》な顎《あご》を突き出した。

「種類にもよりますがテントウムシの個体はもっと小ぶりなのが普通です。ですからこれは害虫駆除用に品種改良されたものです。もともとテントウムシはどれもアブラムシなどを天敵とする益虫なんですよ。ただし自然界にいるテントウムシが捕獲する相手は限られています。極端なものになると完全な単食性でこれでは生物農薬としては不適格です。生物農薬として役立つためには、広く餌《えさ》を求める多食性のテントウムシを開発しなければなりませんでした。その試みの最高傑作がこの種です。これの特長は害虫の名のつくものの約半数は守備範囲にあること、花蜜《かみつ》などの植物性の食物を餌と認めず、繁殖させすぎてもミツバチなどとは競合しない、つまり養蜂業《ようほうぎょう》に支障をきたさないこと、それに何より」

そこで速見はにやりと笑い、左手の人差し指をわざとテントウムシに近づけた。ばたついている虫は反射的に顎を震わせながら速見の指に嚙《か》みつきかけたが、すぐに顎を引いた。

「この虫は植物のみならず脊椎《せきつい》動物のタンパク質にもいっさい反応しないんです。ターゲットはひたすら同族だけということになります。生物農薬に問題があるとしたら、人間やわれわれの食物の一部である家畜などへの影響ですが、この通り心配には及びません」

速見は晴れやかにいいきって手の中のテントウムシを宙に放り出した。虫は地に転げ落ちず、即座に大振りの羽を開いてプロペラのように回転させながら飛び去っていった。

「驚きましたね」

見送った日下部はいった。彼はテントウムシに、羽があってもあまり飛ぶのが得意ではない、ぼろぼろと落ちてきては人間に見つかる、まぬけで可憐《かれん》な昆虫というイメージを抱いていたからだった。

「というわけですよ。つまりこれには何の問題もありません。だから喜多川さんのところでも、ぜひ購入してお使いいただきたいと申し上げたんです。実は喜多川さんの隣りの家の方からこちらに苦情が届いていて困っているんです。せっかく何年もかけて繁殖に成功したテントウムシたちを殺されていると」

「わしはうちの農地の管理しかしておらんぞ。第一あいつらに侵入されて迷惑しとるのはこっちなんだ。それと苦情なら直接いってほしいものだな」

達三はまたいきりたった。

「今やこの村では、有害な農薬よりも無害の生物農薬の方が支持されているんですよ」

速見は諦《あきら》めず諭すように続けたが、

「ふん」

達三は鼻で笑った。

「俺《おれ》はあんな化物は認めないし使わない。この村の人間は社会正義を装ったテレビからの垂れ流し情報と、農薬を癌の素《もと》みたいにいいふらすおまえらのあくどい商法に騙《だま》されているだけだ。農薬だって最小限に使用を押さえて使っていればそれほど悪くない。俺はこれからもその信念でやっていく。たとえ俺以外の村人全員があれを使うことになってもね。

見たことを話してやろう。つい最近のことだ。あそこの小川の前だった」

そこで達三は速見をねめつけるのをやめて日下部を見据《みす》えた。

「うぐい、かじか、どじょう。あそこでは今でもそんな川魚が捕れる。大雨のすぐ次の日だった。河川敷に何匹か川魚が打ち上げられていた。そこに群がっていたのが赤い制服のギャングたち、日本ファーマーズお勧めのテントウムシだった」

「魚もタンパク質ですね。ただし無脊椎動物ではある」

日下部は回答を求めて速見を見つめた。

「われわれと生物農薬への誹謗《ひぼう》中傷ですよ。真実とは思えません。証明できますか？」

わずかだが速見の顔が口元から歪んだ。

「証明などする必要もない。検査とか調査とかの結果はとかく利用されるだけだからな。まことしやかにパニックがでっちあげられて、村にあの化物が大手を振って入ってきた時もそうだった。あれは高いだけではない。危険な買物だったんだ」

そういうと達三はきびすを返した。日下部には背中を向けられた速見が歯を食いしばっているのがわかった。歪みは頬《ほお》と目元の筋肉に達している。怒りと屈辱でぴくぴくとそのあたりが痙攣《けいれん》していた。

日下部は歩きはじめた達三の後を追った。再び橋を渡り土手をすぎて鶏小屋にさしかかった。

「うぐいやどじょうの話はほんとうだ」

すでに達三は平静を取り戻していた。そして、

「あんただってこれを見れば疑問を抱くはずだ」

といい鶏小屋の前で立ち止まった。

日下部は木でできた柵《さく》の前に達三と並んだ。

「あれだよ」

達三が地面を指さした。ちょうど影になっている黒土の部分で注意深く目を凝《こ》らさなければ、それが何であるか、何が起きているのか、わからなかったろう。さっき通った時に気がつかなくて当然だった。

二百匹はゆうに超える数だろう。速見の手の中にいたのと同じテントウムシだった。うす暗い空間にぴかぴかした鉱物質の赤が蠢《うごめ》いている。一瞬この世のものとは遠い妖《あや》しく美しい光に浸されているようにも見えた。

「ああしていつも餌を漁《あさ》っているんだ」

「集団で行動するようにも改良したんでしょうね。無敵の軍団というわけか」

日下部には集団で狩りをするテントウムシなど見たことがなかった。

「漁っている餌だがあれは鶏たちの糞《ふん》だよ。これだけ見るとコガネムシのような習性だ。うちの鶏は太陽と土で育てている。鶏たちは土の中にいるみみずなどの虫が好物だ。もっ

とも餌はバランスをとるために、他に穀物や野菜などの植物飼料も与えている」

「つまりいつのまにか、改良されたテントウムシは完全に雑食になってしまったと？」

「さっき話した河川敷でのこともあるし、そうとしか考えられないだろうが」

「なるほど」

日下部がうなずきかけると、

「これはわしの興味の範疇《はんちゅう》にはないことだが、参考までに話しておこう。あいつらははじめから集団行動をしたわけではない。あんなに強かったわけでも雑食の王者だったわけでもなかった。テントウムシには特有の斑があるだろう？　その斑だがはじめはあいつらの背中にも七個星型があった。その一つが世代を重ねるごとに薄くなっていった。そしてとうとう仲間同士の共食いがはじまり、斑が六個の種が生き残ってあいつらは今のようになった」

と達三は斑との因果関係について思うところを話してくれた。

「七個の斑が六個になるまでどのくらいかかっていますか？」

「この五年間ほどのことだろう。ここではもうテントウムシで斑が七個のものは見かけられない」

それを聞いた日下部は、突然変異種が旺盛《おうせい》な繁殖を続け、改良当初の種を絶滅させた結果にしては、少し短すぎる期間ではないかと思った。とするとはじめの種をひ弱と見做《みな》した速見卓は、さらなる改良を加え続けていたのだろうか？

交配などという時間のかかる気の遠くなるような方法ではなく、遺伝子の組み替えだとしたら、それについての申請がされて許可を受けているものかどうか――。日下部は気にかかり、調べることはできないものかと考えた。

ふと日下部は思いついて鶏たちの様子に注意を移してみた。鶏たちは一羽たりともテントウムシが密集している赤黒い空間に近づこうとしていない。

肉感に乏しいテントウムシは蝶《ちょう》などと同様で鶏の餌としてそれほど魅力的でないから？あるいは場所が日陰にあるせいだけのことだろうか？　日下部には遠巻きにしている鶏たちが何かに怯《おび》えているように見えた。

午前十時二十分。翔子は窓の外に達三と日下部の姿が見えたとたん、ダイニングの自分の椅子《いす》から飛び上がった。トーストとハムエッグ、サラダ、コーヒーの朝食はすでにおおかた食べおわりかけていたが、トーストの耳と嫌いな卵の白身は残したままだった。

翔子は達三が苦手だった。この老人は今までの彼女の人生に現われたことのないタイプだったからだ。彼女をとりまいてきた大人の典型といえば死んだ母親だった。

この母親はおよそ大人らしくなく、四十をすぎてもなお、テレビドラマのような出会いや恋愛は現実に起こり得るものだと固く信じていた。そのため後腐《あとくさ》れのない相手ということで近づいてくる泊り客たちとしばしば消えた。いわば駈《か》け落《お》ちは母にとりついた不治の病のようなものだったのだ。

客の男たちを動かしているのはたいてい母親を上回る自堕落な欲望だった。旅館のオーナーの縁につながると自称する、色香が褪《あ》せきらない中年女が匂《にお》わせる小金に惹《ひ》かれた。ただそれだけのことだった。母親は持病に操られてそんな男の一人と一緒にいて死んだのだった。もっとも死因は空疎な夢ではなく、それらしき病気の名前がついていたけれども。

母親の身内はそんな母親を持った翔子におおむね同情的だった。特に五年前に亡くなった母方の祖母は翔子を溺愛《できあい》してくれた。跡を継いでいる叔父《おじ》夫婦も優しかった。養女にと願ってくれたこともあったのだ。

今の翔子にはそれがどうして、という思いが強い。スカートの丈を縮めて髪を染めたり学校の授業をさぼったり、アイドルや人気ミュージシャンの話題で盛り上がる。翔子ぐらいの年齢では誰《だれ》でもやっていることではないだろうか？　酒もタバコもセックスも少々なら許容されてもいいのではないか？

ところが翔子の身のまわりではそうではなかった。だらしない男関係がなければ生きられないあの母でさえも、中学に入って変身していく翔子に不良の烙印《らくいん》を押した。母が死ぬと叔父たちはおおっぴらに母の悪口をいい、淫蕩《いんとう》な種だ、生理がはじまったからか、血は争えないなどというおよそ理解不可能な言葉が投げつけられた。その中には今までは親と似ても似つかない真面目《まじめ》で大人しい子だったのにという嘆息もあり、翔子は閉口した。今までは単に子供だったからにすぎない。

そして現われたのが達三だった。とにかく老人はうるさかった。翔子が学校へ行かなくなったことを腹に据えかねている。

「わしの時は父親が病気の上兄弟が多くて中学へも行けなかった。村の役場の好意で夜間へ行かせてもらった。まだその頃《ころ》はここいらも少々は石炭が出て賑《にぎ》わっていたから電車が走っていた。昼間は駅で弁当を売った。わしは十三の子供だった。だが甘えてなどいなかった。わかるか？」

と説教してきた。これは聞き流せたが、次がいけなかった。翔子がいれたコーヒーにケチをつけたからだった。

「だいたいその黒い爪《つめ》は何なんだ？」

その時達三はきれいにペインティングした翔子のダークブルーの爪に視線を落とした。

翔子はラメのエナメルで描いた指の星を見つめながらいった。

「星空よ」

「他に水辺とか花壇とか雲、山、クマやキタキツネ——何でも表現できる。きれいでしょ。あたしはこういうことをするのが好きなの。前にいた友達はほめてくれた」

といった後で母やその身内の評価は低かったことを思い出した。下品だという一点張りだった。

「とにかくごめんだ」

達三は自分の前のテーブルに置かれたコーヒーを持って立ち上がり、いきなり床にぶちまけた。

「そんな爪で触ったものは食べたくも飲みたくもないからな」

その捨《す》て台詞《ぜりふ》を聞いて翔子は飛び出したのだった。

とはいえ登別に戻っても叔父夫婦は以前のようには歓迎してはくれなかった。叔母《おば》にははじめ手と足の爪をじろりとねめつけられた。消極的になりつつあった養女の話はもう出なかった。そこで翔子は彼らにははじめからその意志は希薄《きはく》で、進学させる代わりに家業を継いでほしいという条件を持ち出したのは、世間体の一環であることを了解した。

つまり今や心底頼りになるのは父の違う姉の諒子だけなのである。そして諒子の背後には喜多川家があり達三がいる。

「姉さんはマニキュアしないの?」

聞いてみたことがあった。姉に引き取られることになって、半年ほど札幌のアパートで姉妹で暮らしていた時のことだった。

「人間の爪の色は健康状態を示すものなの。それを見るのも医者の仕事。マニキュアをしている患者があったら注意しなければならない。だから医者は爪のおしゃれとは無縁。残念だわ」

と姉は答えたが友達に誘われたパーティーへ出向く時には、翔子がペインティングしたつけ爪を受け入れてくれた。浅黒い肌の諒子の爪には、赤と黄の花粉の色を強調した清々《すがすが》しい白ユリの図柄がよく映えていた。

「みんなにほめられたわ。ありがとう」

それから姉はしばしば翔子のこのオリジナル作品を使ってくれた。

だがここへ来てからというもの、姉がそれを使用したのを見たことがなかった。つけ爪だけではない。姉はおよそおしゃれというものから縁遠くなってしまっていたのだ。それが翔子には悲しく、同時にここへ来てはじめて覚えた姉への距離感につながっていた。

姉は常に達三の眼を意識している。何もかも達三のせいだと翔子は思っていた。達三がいなくなる夢を見たこともあった。朝目覚《めざ》めるとあの頑固な老人の姿はどこを探してもなくて、すっきり晴れた空は限りなく高く、果てしなく続く稲の穂並みはエメラルドグリーンの海の波のように見える。ひばりが謳歌《おうか》する鳴き声が聞こえる。自由そのものの感覚。そんな夢だった。

だが現実には達三は重く大きく存在していた。翔子が窓の外の人影を目にしたとたん反応したのは、もうこれ以上達三とごたごたを起こしたくないからだった。仕掛けてくるのは決まって達三の方だが、自分さえ目の前にちらつかなければその回数も減るだろう。ひいては諒子が気を揉《も》むような成り行きも少なくなる。それで昨夜は途中で中座した。今も逃げ切るつもりで、食器の後始末もそこそこに翔子は裏玄関にまわった。

裏口から外に出た。家の裏手もいちめんの水田が続いている。はるかかなたにはなだらかな山が見え、ふもと付近には濃い緑の林が見渡せた。春の日曜日、達三にそこへ案内されて、姉と三人わらびやふき、よもぎなどの山菜採りをしたことを思い出す。あの時の達三は苦情が少なく楽しい思い出だった。

菜園の山側からまわりこみ古びた納屋や鶏小屋を通りすぎる。川を渡る時にグズベリーを一房千切ってポケットに入れ、一粒ずつ取り出しては食べる。これも悪くなかった。

これというあてがあるわけではないが、まずは国道に出てみようと考えていた。そのため国道前にある水田の農道をぶらぶらと歩いていった。

進んでいく前方に背広を着た男の姿があった。道にかがみこんでいる。まだ距離があることもあって何をしているのかまではわからなかった。農道は狭く人一人通るのがやっとである。このままではいずれ道を進むことができなくなる。そう思って声をかけようか、どうしようか翔子が迷っているとやっと相手が気がついた。翔子との距離は約二メートルと迫っている。

「おまえ笑ったな」

つと顔を上げた美貌《びぼう》の男は顔全体を大きく歪《ゆが》めた醜い表情ですごんだ。

「笑っただろう。そうなんだな。笑ったんだ、笑った、笑った、笑った。ちくしょう」

六

速見卓は右手の平全体についている焦げ茶色のりんぷんと粘液を振り払う仕種《しぐさ》をしながら立ち上がった。握りしめたこぶしが開かれ、ばらばらの死体と化したトラフシジミが地べたにはらはらと落ちていく。彼はそれを見た相手の少女が息を呑《の》むのがわかった。

「見たな」

彼はぞっとするような声で脅《おど》しをかけた。

どうしよう。蝶を殺すのを見られてしまった。女の子が笑ったのは目撃したからだ。でもいいわけならいくらでもある。トラフシジミはグズベリーやりんごなどの果樹を荒らす害虫だから見つけて退治した。これでいい。だがほんとうにこれでいいのか？　相手は何もかも自分のことを見通していて笑ったのではないだろうか？

かつて年子の姉がそうであったように。彼の姉は蝶《ちょう》の採集に余念がなかった速見少年にこういった。

「あんたはたぶん蝶がきれいだから狩るんじゃないわね。自分より弱くて自由になるからよ。つまり弱い者いじめ。あんたほどの弱虫はこの世にいないでしょうよ」

両親は姉弟のうち、姉の方ではなく男の子の速見を溺愛《できあい》していた。クラスでの席次が二番以下に下がったことのない速見とは対照的に、姉は典型的な劣等生だったからだ。両親はどちらも一流大学を出ていて、はっきりとは口にしないまでも人間の価値は学歴だと思っていたようだった。

姉は能力がないわけではなかったがとにかく、努力が嫌いな芸術家肌でおまけに気が強く、無類の社交家で魅力的だった。年頃になっても太らない少年のような体型で、いつも流行の先端をいくショートカットで決めていた。両親は女らしくないといって眉《まゆ》をひそめたが、自信家の彼女は一向に意に介さなかった。これぞ月並みでない女性美の極致だという自負があったのだろう。

一方速見はこの姉がずっとまぶしかった。彼女のように自信が持てたらとあこがれ思い続けてきた。ところが、

「あたしはさ、どういう男が嫌いかっていうと、あんたみたいなふにゃふにゃした奴《やつ》なんだよ。親の顔色ばかりうかがってるだらしない男。相手になんてしてやるものか」

平手打ちのような言葉を投げつけられた。それで結局思いを打ち明けることさえできなかった。

その姉は今どうしているだろう？

　そこで速見の姉にまつわる思考は一時停止した。姉のことを思い出したのは目の前の少女が姉によく似ているからだと気がつく。髪型、体型、整った顔立ち。もっと洗練された化粧を施せばますますかつての姉に似てくるだろう。

「あたし何も見なかったわ。ただここを通りたいだけ」

翔子は怯《おび》えた表情で相手の男を見つめた。わけがわからなかった。なぜ男はおかしな言葉を吐き続けるのだろうか？　これは達三よりも得体がしれないと翔子は思った。どうしたものか——。

「あ、でも無理なら向こうを回るからいい。じゃ」

　二メートルの距離を自分から縮めるつもりはなかった。本能的に危険だと感じたのだ。そして彼女は背を向けた。歩きはじめた。


　速見は奇妙な焦燥感と喪失感に苛《さいな》まれはじめた。ここで逃してしまっていいのか？　こんな偶然はそうたびたび訪れることではないのでは？　だが、と彼は躊躇《ちゅうちょ》した。彼の理性の針はまだ完全に止まったわけではなかった。

　あの少女は遠くからだが前にも見かけたことがある。達三と一緒だった。春だったから山へでも山菜摘みに出かける途中だったのだろう。富永医院を継ぐために帰ってきた喜多川諒子もいた。髪が長くナイスバディの諒子は美しいがそう魅力的とは思っていない。少女だけが気にかかる存在だった。

とはいうものの彼らと行動していたということは、少女はきっと喜多川家の縁につながる人間なのだろう。そうなると厄介だった。速見はそこでさっきの達三とのいさかいを思い出し、まだひりひり痛む首のあたりに手をやった。

こうすれば少しは落ち着けるかもしれない。だが逆効果だった。達三から受けた屈辱と暴力の感触が甦《よみがえ》った。爆発的な感情がもたらされた。彼は全速力で走り出し翔子にすぐに追いつくと後ろから羽交《はが》い締《じ》めにした。

「つかまえた、つかまえた、つかまえた」

唄《うた》うように繰り返した。

突然の出来事に翔子は言葉を失いかけた。かろうじて、

「離して、離して」

と叫びばたばたとやみくもにあばれると、相手は力をさらにこめてきた。地面から身体《からだ》全体が宙にずりあがりかかる。そこで両足を精一杯後ろへ蹴《け》り上げ続けた。その中の一撃が急所を突いたのだろう。速見はうっとうめいて力を抜いた。はずみで翔子はどんと地面に放り出された。

翔子の身体の半分は水田に落ちかけている。彼女は農道側にある左半分を預けるように

して、自らごろりと水田のぬかるみの中にころがった。

そんな翔子を見つめる速見の顔に当惑が走った。

どうすればいいのか？　この少女はさらに大事な秘密まで知ってしまった――。

速見は決意した。ぬかるみは大嫌いだったがずぶりと水田の中へ足を踏み出した。獲物はまだ飛び去ってはいなかった。彼は翔子に近づきのしかかりかけた。

「馬鹿者」

雷のような大声が降ってきた。あろうことか、仁王立ちの達三だった。この時期早朝から農作業をする彼は、毎日午前十時頃《ごろ》に好物のアンパンを食べに家に戻り、また野良に出て仕事を続けるのが日課になっていたのだ。

「喜多川さん」

翔子ははじめて名ざしで達三を呼んだ。速見から逃れようとして身体をもがかせている。立ち上がろうとしているのだろうがぬかるみに足をとられている。

「助けて」

達三は水田に踏み込んで翔子の手を取り立たせようとした。すかさず速見は手を貸そうとする。その手を達三は怒りをこめて振り払った。

「けがらわしい」

「誤解なさっていますよ、喜多川さん。このお嬢《じよう》さんは田舎《いなか》の生活に慣れていないんです。

それで農道を歩いていて田んぼに転落した。わたしは助けようとしていただけです」

「よくもそんな嘘《うそ》がしゃあしゃあといえるもんだな、えっ？　わしの目は遠くに利くんだ。だから何もかもちゃんと見ていた。おまえはこの子の後ろから飛びかかって乱暴しようとした。けなげにもこの子は大暴れして逃げようとしていたんだ。婦女暴行罪。しかも相手は成人じゃない。わしが証人になる。未遂にしても罪は重いぞ。おまえを刑務所に送りこめる」

すると聞いていた速見は拳《こぶし》を固め突然達三に殴りかかった。

「ろくでなしの変質者め。やれるもんならやってみろ」

と達三は大見得を切ったが、若い速見の動きは意外に速く一撃目はよけられたものの、無茶苦茶に振り回される拳の標的となった。くりだされる拳が次々に腹部に命中していく。それでも彼は地面に崩れ落ちる寸前で踏みこたえている。

「ちくしょう」

思いあまった翔子は体当たりを食らわそうと速見に向かって突進を試みかけた。だがどうだろう。足が進まない。完全にもつれていた。そのうちに頭の中がぼーっとかすみかけてきた。両脚から何かが這《は》いのぼってきていた。喉《のど》が渇いていると感じた。腸や胃や食道などの内臓にちくちくした痛みを覚える。心臓や肺までも侵されはじめているようだ。息苦しかった。身体全体が熱く煮えたぎっている。たまらなかった。

「助けて」

翔子はつぶやくように弱々しくいった。それから目の前が真っ暗になりかけた。

「大丈夫」

人の声と体温を感じ誰《だれ》かに抱きとめられたことがわかった。しかしそれが最後だった。

翔子の意識はそこで完全に途切れた。

「至急車を手配してください。病院へ運びます。国道沿いの農道の入口に止めてあったのがあなたのものなら、それでかまいません」

日下部はいった。朝食を食べていた彼はふとある予感がして、再びかけつけてきていた。

「彼女は転倒して水田に落ちたんです。その時頭でも打ったせいなんでしょうか？」

日下部の姿を目にしたとたん、速見は達三への攻撃を停止していた。そして急変した翔子の様子にある期待を抱いていた。打ちどころが悪くてこのまま意識が戻らなければいい――。証人だけで訴訟を起こすなど考えられない。いくら喜多川達三でもそこまではやらないはずだ。

何より落下時の打撲が原因とすれば自分とは関わりがないということになるだろう。第一レイプしようとしていたなどという事実は、そう簡単に証明できるものではない。被害者が故人または植物状態になってしまっていればなおさら不可能。そうなれば何もかも今まで通りだった。

速見は思わず微笑《ほほえ》みそうになった。口笛を吹きかけてあわてて形のいい唇を嚙《か》みしめ、深刻な表情を作りながら、

「とにかく富永医院まで送りますよ」

といい車のある国道の方向へと歩きはじめた。

日下部は翔子を抱き上げたまま速見に続いた。蚊《か》とんぼのような少女の身体は頼りないまでに軽く、時々彼はその呼吸を確かめた。そして日下部の後に続いた達三は、

「この子にもしものことがあったらあいつを殺してやる」

といった。

富永医院へはすでに速見が携帯で連絡をいれてあった。速見は山神講《やまがみこう》と刻まれた岩がある門を入ったところで車を止めた。玄関の扉が勢いよく開いて音を聞いた諒子と富永恵一郎、ひっつめ髪の小柄な老女が走り出てきた。白いかっぽう着《ぎ》姿の富永の妻はきびきびした口調で、

「裏へまわってください。玄関からだと他の患者さんの目に触れるから」

と指示した。

日下部は翔子を抱きかかえて富永家の勝手口から中に入った。数歩右に歩くともうそこが昨日訪れた診療室の扉だった。診療室には扉が二ヶ所に用意されていた。

「ここは急患の出入口なんですよ」

富永の妻が説明してくれた。

そこそこに冷静なのは日下部とこの妻だけのように見えた。もっとも動転しているのは姉の諒子だったが、医師という職業を意識してか極力平静を装っていた。だが顔色は隠せず青ざめきっている。

さっき速見を殺してやるといい切った達三は思いつめた目をしていたし、富永恵一郎は怯《おび》えとも不安ともつかない表情でしきりにまばたきを繰り返した。速見はそわそわした落ち着かない様子だった。

翔子は診療台に横たえられた。まだ意識は戻っていない。諒子は懐中電灯を妹の顔にあてながら、

「身体の屈伸、痙攣《けいれん》はなし。鼻、耳、他にも顔には皮下出血のあとはない。あと瞳孔《どうこう》だけれど左右とも光に反応して縮小する。よって頭蓋骨《ずがいこつ》骨折および頭蓋内出血の可能性は低い」

といった。

富永恵一郎が聴診器を手渡しかけた。

「聴診にはまだそれほど自信がありません」

諒子が首を振ると富永医師はうなずいて聴診器を自分の首にかけ、Ｔシャツの上から翔

子の胸と腹部を診た。そして、

「呼吸は正常。腹部も膨張していない。つまりこれといった異常は見られない」

といい切った。

「精神的ショックによるものじゃないのか？」

達三はいいじろりと速見を見据《みす》えた。

「血管迷走神経反射性失神。若い女性がひどく恐《こわ》い思いをした時に悲鳴をあげたり、失神したりする。あれのこと？　でも翔子はまちがって田んぼに落ちただけなんでしょう？　考えられないわ。脳貧血じゃないかとわたしは思う。翔子のような偏食で痩《や》せた女の子に多い症状よ」

答えたのは諒子だった。身体に傷害がほぼないとわかってほっとした表情をしている。達三の速見への視線には気がついていなかった。それに電話の速見は翔子の症状を事故によるものだとしか説明していなかった。

「ただ脳貧血にしては少し意識喪失の時間が長すぎるな」

富永医師がいった。そこで日下部は腕時計をながめた。翔子が倒れてからゆうに三十分はたっている。

「救急車でＣＴのある病院へ移すべきかしら？」

新米医師の諒子はたちまち不安な顔に戻った。

「その必要はないだろう」

と富永医師は決断し、

「一回だけの失神はよほど重篤《じゅうとく》な病気によるものでない限り、診断がつかず、そのままなにごともない。そんなケースが多いものですよ」

と日下部たちに説明した。それから念のため血液検査をしておきたいといって、妻に指示を与えた。

「ごくまれですが若年性の代謝性アシドーシスの可能性がある。これは血液が酸性に傾くんです」

そう医師がいい終わったのと、

「おい逃げるのか」

達三が声をあげたのとは同時だった。

「お祖父《じい》ちゃん、ここは病院よ、他の患者さんもいるわ」

諒子の一声で達三は黙り、急患用の扉へ向かって歩きかけていた速見はさらに勇み足になった。

速見が出ていくと達三は声をやや低めて、レイプ未遂についての話をぶちまけた。

「ひどい話ね。何ていうやつ」

諒子は怒りのあまり顔を紅潮させた。一緒に聞いていた富永医師は、

「あなたもその現場をごらんになったんですか？」

と日下部に質問してきた。明らかに当惑している様子だった。

「実はわたしはあの若者と懇意でして、それも昨日今日のつきあいじゃありません。学究肌でとっつきにくい男かもしれませんが、今喜多川さんがおっしゃったような、とんでもなく破廉恥な行為に及ぶとはとても考えられないんです」

「わたしがかけつけた時、すでにお二人は乱闘状態でした。翔子ちゃんはその一部始終を見ていて倒れたんです」

日下部は自分が見た現実だけを口にした。

「ということは喜多川さんの誤解だったとも考えられるわけですね」

富永医師は達三から目をそらせたままその言葉を口にした。

「そうは思わないわね」

いったのは富永の妻だった。それから、

「あなたはあの速見という男をほんとうはよく知らないのよ。だからそんな庇《かば》い立《だ》てをする。いいですか、皆さん、あの男が住んでいる村外れの建物ときたら、一度でも近づいたら夢に見ますよ。もちろん悪い夢です。あの男は村で一番辺鄙《へんぴ》な場所に土地を買いしめて、鉄筋のそびえるような家を建てて住んでいる。調べてみた人がいましたが、社宅なんぞではありません。個人名義の土地と家。速見卓はたった一人で、お気にいりのコンクリの塊の中に、もう六年以上住み続けているんです。招かれた人は誰《だれ》もいません。そもそも仕事以外で人とつきあうことなんて決してしないんです。それからゴミの回収を断固拒否していて、家の庭に大きな穴を掘って埋めています。穴は浅く中身をカラスが掘り出すのをよく目にしますが、誰も口だしはできません。速見卓の私有地だからよ。自分のところでなら何をしてもいいというわけ。それであの家をとりまく敷地からの悪臭は年々ひどくなっている。だからわたしはレイプ犯だと聞いても少しも驚かないわね。それがあいつの正体よ。あなたはあの男を心配するより、毒牙《どくが》にかかりかけた気の毒なお嬢《じょう》さんを案じるべきだわ」

と一気にまくしたてた。一方老医師は、

「他人が住んでいる家の所有についてのことなど、どうでもいいことだ。それをよってたかって調べるとはね。いったいこの村のモラルはどうなってるんだ？　プライバシーの侵害じゃないのかね。だから井戸無村は田舎《いなか》社会だと後ろ指をさされるんだ」

冷ややかに妻を諭した。ところがこの老妻は引かなかった。

「田舎社会のどこが悪いんです？　あれは三十やそこらの勤め人が建てられる家じゃないことを、何か後ろ暗いことでもしでかしてるにちがいないって噂《うわさ》しあって、どこがまちがってます？　あなたは生物農薬とやらとあの男にとりつかれてからおかしくなってるんですよ」

といい捨てると、眠り続けている翔子から採取した血液をサンプルに作り、さっさと奥へ引っ込んだ。すると富永は、

「妻は彼がこの村にもたらした恩恵についてまるで無知なんですよ。困りものです。あのテントウムシはまさしく救世主だったというのに」

ため息をつきながら悲しげにいった。日下部と諒子は思わず目と目を合わせてうなずきあった。富永恵一郎の深酒の原因である厭世感《えんせいかん》は、長年連れ添った妻との不協和音にあったことがわかったからだった。しかも元凶はあの速見卓だったのだ。

一方達三はえへんと一つ咳払《せきばら》いをした。

その後富永医師は意識不明の翔子に付き添い続けることを申し出た。

「責任を感じていないわけではありません」

速見の潔白を信じきってはいないことを表明した。その場の方便ではなく、思いなおして客観的な判断を口にしたのだと日下部は思った。誠実な人柄を感じさせる。

諒子は再び外来患者の診療に戻った。日下部と達三は別室に案内されて翔子の意識の回復を待つことにした。富永の妻は日下部たちには愛想がよく、番茶と手作りのごしょいもパンを勧めてくれた。

やや甘味の強すぎるそのパンを達三はむしゃむしゃと美味《うま》そうに食べ、日下部は閉口しながら残すまいとやっきになって格闘し続けた。

小一時間ほどたった頃《ころ》、

「翔子が気がついたわ」

諒子がかけこんできた。安堵感《あんどかん》と喜びと興奮のあまり目から涙が落ちかかっている。その彼女は続けた。

「ただ急に全身に発疹《ほっしん》が出てきているの。ジンマシンやかぶれの類《たぐ》いじゃないわ。富永先生はアリに刺された痕《あと》だっていうんだけれど、信じられないわ。翔子はお菓子じゃないのよ。田んぼに落ちた時全身にアリがとりついたなんて考えられる？」

「アリなんぞじゃあるまい」

聞いていた達三はむっつりと首を振った。

「あるわけがない。アリの塚は水で根絶やしにすると決まってる。田んぼのぬかるみの中で生きられるアリなどいないよ」

「でしょうね」

相づちを打った日下部はつと、まだ平らげかねていたおやつの皿に目をやった。どこからやってきたのか、数ミリほどの赤アリが無数、こんがり焼けたパンの切れ端に群がっていた。

七

パンの切れ端に群がったアリを見つめていた日下部は、思いついてポケットからティッシュペーパーを取り出した。それを蠢《うごめ》いているアリたちの前に突き出すと、しばらくある種の勘違いが生じた。

たちまちティッシュがアリだらけとなり、彼はその紙切れを冷えた番茶の中に浸した。紙が水気を吸い込むとアリたちはあたふたと溺《おぼ》れはじめた。アリは水棲《すいせい》などではありえないことの証明だった。日下部はほっとしていた。

翔子は診療室から隣りにある点滴患者のための部屋に移されていた。日下部は呼びにきた諒子や達三とともに翔子のいる部屋へと急いだ。

「あら」

ベッドの上の妹を見たとたん諒子は大声をあげた。横たわっている翔子は顔色もよく、むしろ生き生きしているように見えた。ベッドの脇《わき》には長身の富永が彫像のように立ち尽くしていた。アリの刺し傷に似た発疹は少なくとも顔には出ていない。

「治ってるわ。信じられない」

諒子はまず妹の両手を確かめた。すらりとした小さな手にも発疹は見られない。それか

ら、

「先生、皮下注射は抗ヒスタミン剤ですか？」

と富永に話しかけた。その問いに医師は答えなかった。それを気にする様子もなく、諒子は急いで翔子の上にかけられていたタオルケットを剝《は》ぎ、

「ちょっと失礼。すみません。後ろを向いていてくださいな」

と命令した。いわれるままに男二人が後向きになると、

「発疹が残らず消失している」

と興奮した大声でいい二人に元の向きに帰っていいと告げた。

「かゆかったり痛かったりはしない？」

翔子は黙って首を振った。それから、

「でも何だか空気が熱いの。息苦しい」

と訴えた。

「熱があるのかもしれないわね」

諒子はいい体温計を翔子の腋《わき》の下《した》にはさみこんだ。ほどなく回収した後、

「三十七度一分。微熱。疲れているのかもしれないわ」

ととりたてて不安は感じていない声でいった。

「早く家に帰りたいわ」

翔子は姉にではなく達三に向かっていった。目の前の老人が意味もなく気にかかってならなかった。だがそれでいて、

「いずれ警察に話さなければならないから聞いておくけど、翔子、あなた、通りがかった若い男にレイプされかけたというのは、ほんとう?」

と諒子に聞かれると、

「そのことなら――」

思い出せなかった。正直なところ諒子が姉であるということ以外、何も覚えていなかった。といって達三や日下部に対してすっぽり記憶が抜けているというわけではなく、家族や逗留客《とうりゆうきやく》であることはわきまえていた。問題なのは彼らにまつわる感情の記憶だった。それらがまるで思い出せない。

「わしが見たんだ」

強い目の色をした達三にそういわれると、

「たぶんそうだったと思うわ」

翔子はうなずいてみせた。この老人には逆らえない。きっとここでは彼がボスなのだろう。いつになく翔子の防衛本能は研ぎ澄まされていた。

「その時のことを君の言葉で説明できる?」

翔子は日下部に見据《みす》えられていることに気がついた。そこで彼女も相手をじっと見つめ

た。この相手はやばい。その瞬間彼女はある種の危機感に襲われた。

それは残っていた相手に対する記憶と相反する感覚だった。そんなことはない、この相手は安心できる。理解してくれる。いいなさい、ついさっき起こったことさえ思い出せない事実を言葉に出しなさい、尽きかけている感情が必死に囁《ささや》いていた。だが結局危機感の方が勝ち残った。

「ごめんなさい。気分が悪くなったの」

翔子はしおらしく目を伏せた。

気分が悪くなったのはたしかに事実だった。

「むかむかしてきたわ。たぶん匂《にお》いのせいだと思う」

彼女は個室の白い壁をぐるりと見回した。

「消毒薬の匂い、苦手なのよ。だから早く家に帰りたいわ」

なおも達三に甘えかかる調子でいった。

「無理もない。あれだけひどい経験をしたんだからな」

達三は同情にみちたなごんだ顔で翔子を見つめた。そして、

「どうだろう。元気になったのだし今日はこのまま連れ帰っては？」

医師である孫娘にいった。

「わかったわ。でもまずは富永先生におうかがいしてみないと」

そこで諒子は改めて無言を続けている富永に答えを求めた。すると彼は、

「わたしは抗ヒスタミンなど投与していない」

重い口を開いた。そして、

「たしかに発疹は失神同様原因が特定できないものが多い。だがあれは絶対赤アリの刺し傷だった。かつてはここでも例年農繁期に多い急患だった。この村にいる赤アリにはわずかな毒があり、農作業の間、ほったらかしになる赤ん坊が被害にあうことが多かった。乳の匂いにひかれてやってくるアリたちの餌食《えじき》になるんだ。毒はひどい痛みをもたらす。中には亡くなる子供までいた。こんな体験を忘れるはずがない。まちがいない」

といった。

「そういってもショックで似たようなことになることもあるんじゃないのか?」

達三はこの日はじめて富永に向かって直接口を開いた。

「ほほう、ショックとはね」

老医師は嘲《あざけ》りの笑いを口元に浮かべた。それから、

「君はさっきもこの子がレイプのショックで失神したといったな。つまりはすべて精神的な要因。まさにショックとは重宝な表現じゃないか」

といった。

「そうさな。いるわけもない田んぼの中のアリのことを、とやかくいいたてる医者の言葉

よりはましだと思うがね。この子は家に連れて帰る。本人が願っていることだし、その方がよほど癒《いや》される」

達三は有無をいわさぬ口調でいった。

「それもいいだろう」

富永医師は脂汗の浮いた額をわずかに傾斜させて承諾した。そしてこの後の診療は自分が代わるから、諒子にも一緒に帰宅するようにいった。

家に帰り着くと突然翔子は、寝ていろと勧める周囲を押し切って料理を作りたいといい出した。

「チャーハンなら得意なのよ。死んだお母さんにもほめられたことがある」

翔子ははしゃいだ声を出した。母のことを人前で口にするのははじめてだった。母への思いは複雑で、自分だけの感情のエリアに封じ込めておきたかったからだ。

どうしたのだろう。いった後ですぐ翔子は不可思議な気分に陥った。いうつもりなどなかったのに、口から出ていたといった方が当たっていたからだ。どうしていってしまったのだろう。わからなかった。

ただ感じられるのは旺盛《おうせい》な食欲だった。米や具がてかてかした油にまみれたボリュームたっぷりのチャーハンに惹《ひ》かれていた。いつか札幌のデパートの地下で売っていた台湾料理の一種。あれはちまき風の上品なものだったがもっと沢山飽きるまで食べたい。

「残念、とり肉ないのね。昨日のが残っていると思ってた」

翔子は冷凍庫を開けながらため息をついた。不思議なことに母のことはもう頭に片鱗《へんりん》たりとも浮かんでこなかった。

「必要ならあるよ。絞めてもいい鶏はまだいる」

達三がめずらしい笑顔を翔子に向けている。いたわるように、

「だが今日はもう遅い。明日なら約束できる」

ともいった。

そんなわけでその日の夕食はチャーハンであることに変わりはなかったが、具はありあわせだった。冷凍のミックスベジタブルに卵と多量のベーコンという取り合せで、皿に残るほどバターが使用されていた。もっとも達三ははじめて食べる翔子の料理だといって感激しお代わりまでした。

「翔子のは唐辛子《とうがらし》チリ入りじゃなかったかしら？」

札幌のアパートで妹の料理を試食したことがあるという諒子が首をかしげた。

「辛いの好きだったよね」

念を押した。すると彼女は戸惑《とまど》った顔になり、

「今日は一応病み上がりだからさ」

といいながら、達三に負けじとばかりにフライパンの中のチャーハンを自分の皿に盛っ

た。

「それだけ食欲あれば大丈夫よ」

呆《あき》れ顔の姉を尻目《しりめ》に何杯目かのチャーハンを食べ終わった翔子は、昨日達三が勧めたグズベリーの籠《かご》に手を伸ばした。

すさまじいスピードで黒い果実が籠から消えていく。

「ちょっと。そんなに食べると太るわよ」

とうとう諒子は警告を発したが、

「北海道の女はみんな大飯食らいなんだ。飯を食わないいじゃあ、満足に働けないからな。だからそれくらいでいい。頼もしい」

上機嫌の達三はほろ酔い加減で翔子を援護した。


翌朝日下部はもうさすがに寝坊はしなかった。七時半にダイニングへ下りていくと達三の姿はすでになく、諒子が流しで自分の食べた食器を洗っていた。朝の挨拶《あいさつ》をすませると、

「実はちょっと聞いてほしい話があるんです」

日下部のためにコーヒーをいれる準備をはじめた。

「翔子のことなんだけど」

諒子は突然声を低めた。彼女の部屋は台所の並びにあった。

「さっき見てきたけどまだ眠っている。呼吸はたしかで異常はないわ。今の時間目がさめないのはいつものことよ。心配してるのはそのことじゃなくて」

そこで諒子はいいよどんだ。

「お祖父《じい》ちゃんはあの子のために何か隠しているんじゃないかしら？」

諒子は日下部に探るような視線を浴びせた。

「つまりお祖父ちゃんが見たのは未遂ではなく、レイプそのものの現場じゃなかったのかということなの。だから昨日何度もショックによるものだと、いい続けていたんじゃないかしら」

「何か翔子ちゃんに異変でも？」

諒子がそこまで考えるには相応の根拠があるはずだった。

「表面的には明るく振る舞っているけれど、心に深い傷を負ってしまっているように見えるの。例えば昨日翔子が作った夕食。油でぎたぎたのおよそ美味とはいえない代物。それからわたし、昨日洗面所であの子が歯みがき粉をぺろぺろ舐《な》めているのを見たわ。異食といって味覚がおかしくなっているのよ。味覚障害には過食症や輪ゴムを主食にする症状も含まれる。どれも心因性のことが多い」

「どか食いによる自己防衛なら誰《だれ》しも思い当ることがあるんじゃないかな。亭主と喧嘩《けんか》して腹が立つと、バイキングに行くという奥さんの話を聞いたことがある」

聞いていた日下部は諒子は少し妹に対して、過剰反応しすぎているように思えた。

「それだけじゃないわ。あの子は深夜突然部屋の掃除をはじめて、めったにしないずぼらな子なのによ、あんなに大事にしていたコレクションのマニキュアや除光液を捨てようとしたのよ。わたしが止めると匂《にお》いが嫌だという。強い匂いは鳥肌が立つというのよ。クローゼットの防虫剤を捨てたいというのは認めたけど、マニキュア類はとりあえずわたしの部屋に避難させた。いい忘れていたわね。翔子は一応ネイルアーティストをめざしているの。才能があると思う」

「何かのはずみで匂いに敏感になることはあることさ。匂いは主観そのものだから好き嫌いが逆転したりする。極端な形であらわれるんだ」

そういった日下部自身は狩猟民族であるアイヌの末裔《まつえい》ということもあって、並はずれた嗅覚《きゅうかく》の持ち主だった。

「おかしなことはまだあるのよ」

諒子は青い顔のまま続けた。

「翔子はわたしとお風呂《ふろ》に入るのがずっと大好きなの。きっと勝手な母親にあまりかまわれないで育ったせいだわ。ところが彼女、昨夜は一緒に入りたくないっていったの。身体《からだ》を洗われるのも石けんの匂いも嫌だって」

「わかりました。それがきっとあなたのあらぬ心配のはじまりだったんですよ」

日下部は軽く頭を前に傾けながら微笑した。それから、

「一言でいうと過保護。妹さんはもう十六で大人になりかけているんです。母親代わりをつとめなければならないという、あなたの気負いはわかりますが、無理があった。それに相手の方で気がついた。今回の出来事がいいきっかけになったのかもしれません」

といい切りトーストをもう一枚焼くために立ち上がった。

八時二十分、まだ心配顔の諒子を送り出すと日下部は使われていない馬小屋へと向かった。そこの内部は荒くコンクリが打たれて現在倉庫に使われていた。達三の一人息子の民俗学者、喜多川一也《かずや》が残した聞き書きや資料の類《たぐ》いが、ここに保管されていると聞いたからである。

一時間半ほどかけてまずはノートや資料の仕分けにとりかかった。職業柄この手の作業は得意だったが、パソコンを置く机と椅子《いす》が見当らないのは不便だった。達三に頼んで机と椅子を調達し本格的な仕事にとりかかるのは、明日以降になるだろう。

それに今日はまだしなければならない仕事が残っていた。十時をすぎたところで彼はポケットから携帯電話と昨日、速見卓からもらった名刺を取り出した。

大阪市内にある日本ファーマーズという会社と連絡をとってみるつもりでいたのだ。この村で使用されている、生物農薬のテントウムシについていくつか質問したいことがあった。

かけた電話は何度も部署をたらいまわしになった挙げ句、広報室へ行き着いた。こちらが話をしたいのは第三研究室の責任者だと主張したが、アポイントのない一般からの電話の窓口はすべてここだと押し切られた。そこで日下部は仕方なく井戸無村の者だと名乗り、くだんのテントウムシについての疑問をぶつけた。

「するとそちらは使われている生物農薬に、遺伝子操作が行なわれているとおっしゃりたいわけですね」

相手の女性は冷ややかな声でいった。

「ええ。その通りです」

日下部は毅然《きぜん》といい切った。

「ありえませんね。現在当社で開発されている生物農薬は、害虫の天敵とされている限られた昆虫や線虫、微生物です。それ以外のものはありえません。ご存じかと思いますが、遺伝子操作に関わるプロジェクトを申請するのも、許可を得るのも至難です。予算も法律の規制もともに厳しいということですよ。だからありえないんです」

「仕方ありません。仮に遺伝子操作以外の方法で、自然のいたずらで突然変異種が生まれたとしましょう。ところでこれが短期間に元の種を絶滅に追い込むというようなことがあったら、何が原因だと考えられます？」

なおも日下部は食い下がった。相手の釈明は現実を目にしている彼には納得のいくものではなかったからだ。

「それはお答えしかねるご質問ですね。失礼ですがこの電話は切らしていただきます」

相手は事務的にそういって一方的に電話は切られた。

一方その頃《ころ》翔子は自分の部屋のベッドの上で目覚《めざ》めていた。身体中が燃えるように熱く悪《お》寒《かん》と吐き気がした。以前雨に濡《ぬ》れて肺炎になりかけた時のことを思い出した。そこで昨夜姉が置いていった体温計で熱をはかると三十七度一分、昨日と同じ。予期していたような高熱ではなかった。

夢を見ていたことを思い出す。暗闇《くらやみ》の中でもやはり身体は熱かった。どろどろと自分の身体が血肉が溶け続ける、筋などまるでないそれだけの感覚的な夢だった。

不意に吐き気を伴う不可解な空腹感に襲われた。昨夜は脂ののった鶏が入った台湾風のチャーハンだったが、今はバタークリームがたっぷりかかったケーキに魅《み》せられていた。

ふと好きなのはショートケーキのはずだったとちらりと思った。その時なぜか米びつの中の米と虫除けの唐辛子《とうがらし》が頭に浮かんだ。昨夜チャーハンに唐辛子を入れないことを姉に指摘されたことを思い出した。どうして入れなかったのだろう？

だがそれも一瞬にすぎた。すぐに空腹と食欲が思考のすべてを圧倒してしまったからだった。

「大丈夫？」

ノックがあってはいと答えると姉の顔があった。

「心配だから昼だけ戻ってみたのよ」

「大丈夫」

翔子は身体の熱っぽさと吐き気、悪寒を訴えるつもりでいた。だが口から出たのはこの言葉だった。

「昼何がいいかしら？　買物をしてきたのよ。消化のいいうどんなんかいいと思って。昨日食べすぎでしょう？　気分悪いんじゃないかと思って」

「わたし大丈夫だから何か作るよ」

いいながら翔子は元気よく立ち上がった。めまいがしかけたが原因は空腹だとわかっていた。うどんだけではとうてい足りない。

「何作ってくれるの？」

諒子は日下部に過保護だといわれたことを思い出し反対しなかった。

「特製ケーキ。特大のリッチなやつ」

「いいわね。楽しみだわ。富永先生にいって三時にも帰してもらっちゃおうかな」

諒子は安堵《あんど》感《かん》とともにおどけて見せた。ケーキ作りは妹の趣味の一環だったからだ。このぶんではいずれマニキュア類も、自分の部屋へ回収したいといい出すだろう。妹の絶望はまだそれほど深くはなかった。

二人は部屋を出て台所へと向かった。諒子は無意識のうちに隣りの妹の手を握っていた。何とかショックから、いや元を正せば思春期特有の刹那《せつな》主義から早く抜け出してほしかった。

台所に近づくにつれて翔子は自分の息が荒くなるのを感じた。一瞬前まで姉を喜ばせようと、ケーキのデコレーションを考えていたはずだったがもう思い出せない。

濃く強く血の匂いがたちこめていた。その正体も察知できた。達三が約束してくれていた物にちがいない。首を絞められ湯に漬けて羽をむしられた後、血抜きのために逆さにぶら下げられた鶏。匂いは首の切断面と、そこから滴《したた》り落ちる血の溜《たま》りから漂ってきているものだろう。

翔子は姉の顔を見つめていた。すぐ隣りで話している姉の声が聞こえない。諒子が音声の消えたスローモーションビデオの中にいるように見えた。自分とは違う世界の人間のように感じられた。第一言葉も感情も通じない——。

翔子はその原因が自分だと気がついていた。言葉や感情、人間的だとされるある種の情緒、そのすべてを失いつつあるのはたぶん自分の方なのだろう。

今彼女に感じられるのは苛立《いらだ》ちと不安、そして旺盛《おうせい》な食欲だけだった。神戸や東京、下《しも》関《せき》で起きた惨劇の犯人たちも、きっとこんな具合だったにちがいないと翔子は思った。

この姉にだけは危害を加えたくない。

涙がこぼれかけ、姉が驚いた様子で何かいった。だがもうそれも聞こえなかった。

八

昼時に会った達三は日下部が机と椅子《いす》を所望すると、二つ返事ですぐに調達してくれた。使われていない二階の客間にあったライティングビューロー一式があてがわれた。

それを馬小屋に移しただけで、埃《ほこり》を被《かぶ》った書物や紙の束や廃物だらけのうす暗い空間が少しはさまになってきた。英陽女子大の使われていない研究室も実はこんなものなのである。

おかげで午後の時間のほとんどを日下部はそこで過ごせることになった。半日分得をした気分だった。昼のメニューがやはり油っぽい翔子の作る焼きうどんだったのは閉口ではあったが、達三の機嫌がいいのは悪いことではないと彼は思った。

午前中にほぼ仕分けのめどはついていたから、まずはアイヌの食の中で縄文時代の食との共通項が拾えそうな資料を読みながら分類しはじめた。

とりあえず縄文クッキーに匹敵する素材と料理法を探していく。縄文クッキーの素材は木の実と鳥獣の肉である。

アイヌの食のうち木の実の料理が聞き書きされているノートを見つけた。木の実の料理は山菜類が尽きる秋冬に作られると記されてあった。どんぐりの実の処理加工はほぼ縄文クッキーと同じである。忍耐強く煮て皮を剝《む》き晒《さら》して干す。渋皮の渋みも美味《うま》いと書いてあった。これはわが民族特有の味覚かもしれないと日下部は思わず微笑《ほほえ》みたくなった。

こうして食用に加工されたどんぐりは水に戻して干し豆などと一緒に煮て食べる他、煮あげて皮を剝いたところで臼《うす》でつき乾燥させて粉にする。粉からはだんごを作る。このだんごはそのまま食べたり、筋子や熊、しゃち、にしんなどの脂をつけて食べる。

一方鳥獣の肉を使った料理だがこれは意外に少なかった。アイヌ、狩猟民族というと肉食中心の食生活を続けてきたかのようなイメージでとらえられるが、実際は木の実やひえ、野草などが主食で動物性タンパク質の占める割合は低い。

めったに食べない鳥獣類は、苦みの強い胆嚢《たんのう》を除いたほぼ全身を、骨まで丹念に叩《たた》いてたたきにして生で食べる。脳漿《のうしょう》で和《あ》えることもある。たまにこのたたきが次の日まで残ると、ぎょうじゃにんにくなどの香味草とおおばゆりのでんぷんを加えてだんご汁にする。すいとんを想《おも》わせる汁類は粥《かゆ》と並んでアイヌの主食である。祭りなどをのぞくとアイヌの食生活は質素そのものなのである。

日下部が気がついたのは、アイヌの食は縄文クッキーほども高カロリー、高たんぱくではないということだった。アイヌの普段の食では動物や魚類の脂が唯一の高カロリー源である。それも大いに節約しながら惜しみ惜しみ使ったと、聞き書き相手の老人は語っている。さらに老人はこういう発言もしていた。

〝自然はカムイ（神）からの贈り物。汚してはならない。大事に敬わなくてはならない。そうしないと必ずウエンカムイ（悪い神）の怒りに触れる〟

この言葉を日下部は以下のように解釈した。アイヌが縄文後期に匹敵する時代性を担っていると考えるならば、これは彼らが縄文前期から学習した結果ではないかと。つまりアイヌたちは、欲望のおもむくままに狩猟を続けることは天然資源の枯渇につながり、自分たちに滅亡をもたらすという現実を察知していたのではないだろうか？

「精が出とるな」

夢中で気がつかなかったが扉が開いて達三の姿があった。両手に湯呑《ゆの》みと黄色いバターの色が鮮やかなケーキの皿を持っている。

「今日はめずらしいものを食べた。パンもいいがこれもいい」

日下部は相変わらず機嫌のいい達三の様子に、作り手が誰《だれ》だかすぐに見当がついた。

「菓子は甘い方がいい」

北海道のお年寄りが菓子類にことさら甘い味を好んだり、他県に比べて脂肪の摂取に頓《とん》着《ちゃく》しないのは、苛《か》酷《こく》な開拓の歴史と無関係ではない。

「いただきます」

日下部は昨日、ごしょいもパンにたかってきた赤アリのことを思い出し、そそくさとケーキを咀嚼《そしやく》した。それでも皿にはスポンジのかすとクリームが残り、どこからかあっという間に赤アリが隊列を作って集まって来た。白い磁器がみるみる赤黒色に染まっていく。

その様子に眉《まゆ》をしかめかけたのかもしれない。

「いかんな。あんた、北海道の人間だろうが。とかく東京が長いと毒される」

達三の小言を食らった。

「まったくその通りなんですね」

そこで日下部は苦笑い、本来虫はそう嫌いでないはずなのだが、あのテントウムシを見てから拒否反応が出てきているといった。

「いいわけにすぎん」

達三はいい切った。そして、

「おかしいのはあいつが持ち込んできた妙なテントウムシだけだ。他の虫たちはわしらと一緒に何代も生きてきた。アリも同じだよ。富永先生も残念ながらもういかん。もっとも先生を毒しているのはあの男だがな」

と憎々しげにいった。それから、

「実はこの三時のおやつは口実でな。息子の遺《のこ》した仕事が大学の先生をしているあんたの役にどう立つのか、ちょっと気になったんだ」

話題を変えてきた。

「この資料を全部読破しておられる？」

日下部は相手に微笑みかけた。

「とにかくここの冬は長く退屈だからね。まあひまつぶしだよ」

達三はうなずき照れ臭そうに笑った。それから、

「聞いているかもしれないがわしの家は代々武家でね。武家ではかねがね男は名を残せというのが家訓なんだ。ところがここへ来て、移民してきて変わった。囚人や外国人の強制労働の話は氷山の一角だよ。開拓を進めるためにどれだけの人間の汗と血がこの大地に流れたことか。犠牲になった人は多く無名のまま骸《むくろ》になった。若い時は馬鹿みたいじゃないかと思った。そのうちに救いは残った仕事だと気がついた。人間はたとえ死しても納得のいく仕事を残せばいいとね。もちろんそれを認める人などいなくてもいい。とはいうもののやはり、後世に認められたとしたらうれしい。もっともこれは親馬鹿の骨頂だろうが」

といった。

「まず読破されたあなたの感想をぜひお聞かせいただきたいですね。わたしは来たばかりで、まだ全部の資料に当たってみたわけではないので」

日下部は達三の見解に興味が惹《ひ》かれた。アイヌは北海道開拓の犠牲者だという見方がある。先住民である無垢《むく》なアイヌが貪欲《どんよく》な開拓民によって行き場を追われたというのが、よくいわれる。

「息子一也が残した資料の中には、日本各地の山間の食を聞き書きしたものもある。これにはアイヌの食によく似た素材や食べ方がたくさん出てきた。たとえばどんぐりやとちの実、くり、クルミなどの木の実類。それから山の幸。きじややまどり、ひよどり、あなぐま、うさぎ、いのしし、リスなどおよそ山にいる動物はほとんど食用にしていた。これもアイヌの食に似ている。例えばわしの故郷にずわという料理がある。にんじんやごぼう、こんにゃくなどと一緒に山で捕れた鳥獣の細切れ肉を煮たもので、筑前煮《ちくぜんに》の一種だ。似たようなものは日本全国の山間地に限りなくあって、日本人の食のルーツはアイヌ食だと思った」

そこで日下部は木の実の採取と若干の狩猟という食生活は、縄文文化を代表するものであることを説明した。

「するとまんざらわしの当てずっぽうも的外れではないわけだ」

達三は愉快そうに笑った。それから、

「わしはあんたや息子のように深い学問があるわけではないが、これはもしかしていい気になるなという、今の人間に対する戒《いまし》めかもしれんとも思っているよ。またずわの話になるが、子供の頃《ころ》食べたずわは美味しくてな。昔の話になるが、村でも猟をする家は限られていて、その家の主人が鉄砲を持って山に入ると聞くとうきうきしたものだった。捕ってきた獲物は向こう三軒で分けて食べる。祖先が故郷からずっと培ってきた習わしだ。リス

い。それでも脂の浮いた汁を口の中に火傷《やけど》を作りながら競争で飲んだ。早く飲まないとおや小鳥だとがっかりしたものさ。いかんせん分け前が少なすぎる。汁のだしにしかならな

代わりの先を越される。だから獲物がうさぎやたぬきだとうれしかった。ずわにしてたとえ細切れであっても肉そのものを食べることができると。食べることに必死だった時代はそれなりに楽しかった。生きがいに満ちていたな。生きている実感がないとほざき、自分が何者だかわからないなんて言いだす現代の子供とは大違いだ。幸福な子供時代だったね、あの頃は実に」

といった。そして、

「あんたが出ている番組はいつも見ているんだ」

と日下部が続けている教育関係のテレビ番組について触れた。もう何年も彼はその枠内でアイヌ文化についての講座を担当していた。

「あんたの姿を見るたびに時代を感じていたよ。たぶんわしらは今、高度の文明とは無縁であり続けたアイヌに学ぶべきなんだろう。だからあんたが突然ここにやってくると聞いてもそれほどは驚かなかった。あんたが来たのも、そのあんたを通して息子の残したものが社会の役に立つのも、そして孫娘の諒子がとんでもない疫病神《やくびょうがみ》を背負いこんできたのも、すべては流れの一環だと思っている。年寄りというものはな、頑固を通すのも得意だが、諦《あきら》めるのもそう苦手ではない。結果小言や愚痴は多いが何でも受け入れることになる。ま

あ、しっかりやってくれ」

　達三はアリが退散した後の皿を持って立ち上がった。その時皿の裏側からアリが這《は》い出てきて達三の手の平に載った。無造作にそれを払い落としながら、

「今年は暑いせいかたしかに虫が多い」

　と達三はいった。


　佐竹まゆ子はもう生きたいとは思っていなかった。正確にはここから逃れたいとももはや思えず、ただひたすら苦痛が遠のくことを願っていた。

　監禁されて五日がたっていたが、すでに時間の観念は失われていた。苦痛の原因は虫だった。何万匹もの赤アリが身体中《からだじゅう》を這いずりまわり、まゆ子を食い千切り続けていた。

　男は今まで何回かやってきていて、まゆ子に水のみで水を与えた。そのたびに彼は、

「さあ、しっかり食べるんだぞ」

　まゆ子にではなく虫たちに話しかけた。

　苦痛が高じると彼女はたびたび失神した。その時間だけが至福だった。現実の苦痛とは無縁でいられたからだ。この幸福がずっと続いてほしい。そう思った彼女は自分が死を願っていることに気がついた。

　それで男の勧める水を拒否した。腫《は》れた唇の前にさしだされた水のみを受け入れず、ゆ

っくりと首を振ったのだ。

その時一瞬だが家族や友人、自分を裏切ったボーイフレンドの顔、試験や規則でいっぱいの学校生活を思い出していた。なつかしさがこみあげどれも悪いものではなかったと思えた。

「ほう」

すると男の顔に怒りが赤く走った。唇を歪《ゆが》め醜い表情になった。

「自分で死を決めたい？　ちょっと生意気すぎないか？」

そしてしばらく姿を消していた彼が再び現われた時、オオカマキリの大群がまゆ子の身体の上に放たれた。

「さあ行け。久々の生《い》き餌《え》だぞ。うれしいだろう。おまえたちは本来生きた餌《えさ》しか食べないのだから。それがここにはまだたっぷりある」

彼は口笛を吹きながらいった。

オオカマキリたちが生きた細胞めがけて突進してくる。何百という大きく鋭く強い顎《あご》が使われた。それはアリの攻撃とはまた別の、ナイフで切り刻まれるような激しい痛みだった。

まゆ子は悲鳴をあげた。すでに声帯はずたずたで血の匂《にお》いがした。悲鳴はザーザーという掠《かす》れた音に近かったが、口を開いたはずみにカマキリが一匹飛び込んだ。喉《のど》の奥の肉がぐさりと一撃されるのと、詰まって息ができなくなったのとはほとんど同時だった。

速見卓は地下室の壁に作らせたのぞき窓に立っていた。今は佐竹まゆ子が死んでいくのをながめている。

ぐったりと頭《こうべ》を垂れている彼女はすでに死んでいるように見える。だがまだ完全には死んでいない証拠にカマキリたちが退去していない。

彼はカマキリたちが死体を見捨てて床に飛び落ちるのを待った。実をいうとオオカマキリを放って、蝶《ちょう》に見立てた少女を襲わせてみようというのは、前々からの計画の一つだった。死神のような鎌を担いだカマキリがことさら美しい蝶を捕獲、貪《むさぼ》り食う姿に魅《み》せられていたのだ。

はじめ彼は生き餌しか食べない気むずかしい食性のカマキリが捕獲という行為なしに、用意された生き餌に飛びつくだろうかと不安だった。それで繁殖させたカキマリを、餌を控え共食い寸前の状態で飼い続けていたのだった。

彼は口笛を吹いて床に落ちたカマキリたちを住みかの虫かごに集めた。栄養状態のよくなった彼らはほどなく繁殖をはじめるだろう。いつになく浮き浮きした気分だった。カマキリもアリも自分の愛と復讐《ふくしゅう》の分身のように思えたからだ。

それから前もって用意してあったスチールの骨組みとガラスの板を倉庫から地下室の中へと運んだ。半日ほどかけてガラス張りの箱を仕上げた。その間もアリたちは余念なく死体を食らい続けている。

できあがると彼はそのガラスの箱の中に、ロッキングチェアーごと少女の死体を収めた。これでひとまず済んだと彼は満面に笑みを浮かべた。あどけなさの残る魅力的な微笑だった。長い間の念願が叶《かな》ったと満足していたのだ。

姉は彼の愛を理解していなかったばかりか、手痛く侮辱し続けた。その極みがロッキングチェアーだった。両親が出かけていない夏休み、姉はクラスの男友達とその上で絡みあっていたのだ。当時速見家のロッキングチェアーはリビングに置かれていた。台所へ飲み物を取りに行く弟の通り道だとわかっていて、その場所でセックスしていたのだった。

以来姉はたびたび両親のいる時でも、ロッキングチェアーに飛び乗ると、ジーンズ姿の両足を開放した。速見と二人だけだとスカートや下着姿の下半身を惜し気もなく晒《さら》した。そしてきゃあきゃあ笑いながらいったものだ。

「どんなに余っててもさ、おまええみたいなもんにはやらない」

この事実は少年の速見を深く傷つけた。その痛みは長く残って彼は成長しても萎《な》え続けた。

速見はガラス箱の中の様子をながめていた。下腹部に癒《いや》しの兆しがあった。彼はほっとしまた天使のように微笑《ほほえ》んだ。アリたちはいずれ死体の少女を食いつくして白骨にするだろう。これで復讐は終わり姉とのことは終わったことになる。自分はやっとほんとうの人生をはじめることができるのだ。

そう思いかけた速見にある不安が襲いかかってきた。食い入るように少女の死に顔を見つめた。あの少女は姉ではない。ほんとうの姉を処刑しなければ終わらない。終わるはずなどないのだ。少女の姉を探さなければならない――。

彼は立ち上がりこれ以上はありえないと思われるほど、端正な顔だちを醜く歪めた。そしてイライラした様子で地下室の部屋を出た。階段を上り一階のスチームの通っている部屋に入った。

そこはまさしく蝶《ちょう》の間だった。ずらりと並んだ虫かごの中にアマゾン種の色鮮やかな蝶たちが飼育されている。蝶が嫌いな速見が飼育を続ける理由は儀式のためだった。蝶をアリやカマキリの餌にする。つまり無残になぶり殺すためだけに飼っているのだった。

彼は虫かごの中からモルフォ蝶をつかみとった。モルフォはスカイブルーの羽がとりわけ美しい大型種である。虫ピンを探した。トラフシジミをあっさりくびり殺したのは惜しかったと思い出す。虫ピンがあったらもっとじわじわ苦しめてから殺せたのに。

彼はモルフォ蝶の羽を持ちながらつまみあげて二つに折り、か細い胴体にピンを打ち込んでいった。そのたびに、

「おまえなんかほんとうは汚い臭い」

と繰り返した。

ピンを刺されたモルフォ蝶は体全体を二、三度震わせ、ほどなく動かなくなった。

そこで彼は閃《ひらめ》くようにこう思った。喜多川翔子という少女は実は蝶だったのだ、姉だったのだ、だからあの時トラフシジミを殺していた時、あそこを通りかかったのだと。

速見卓は窓を開け中庭に死んだモルフォ蝶を棄てた。蝶は水色のリボンのようなはかなさで落下していく。

去年だったか彼は多量のモルフォ蝶を繁殖させ、日々殺し続けてその死骸《しがい》を中庭に堆積《たいせき》させ続けたことがあった。モルフォ蝶の食性はその美しい姿に似ず腐敗したタンパク質、つまり動物の糞《ふん》や死骸で、死ぬと胴体から出る分解酵素のため、みるみる羽が真っ黒に変化していく。すさまじい悪臭も漂う。

「おまえなんか汚い臭い」

彼は落ちていく蝶を見送りながらもう一度そういった。残酷な少女だった姉への復讐に燃えて——。

富永恵一郎は血のように赤い夕焼けを窓の外に見ていた。書斎にいた彼は勢いよく立ち上がったつもりだったが、のろのろと腰をあげただけだった。

富永医師は長い人生でこれほど強い衝撃を受けたことはなかった。それにはまた深い悔恨も伴っている。

彼は念のためもう一度だけ手元の顕微鏡をのぞいた。彼はこの動作をすでに数十回は繰り返しているはずだった。

だがまちがいなかった。富永がプレパラート越しに見ているのは翔子から採取した血液だった。

あの子の身体《からだ》に異変が起きかけている。しかしこんなことが現実に起こりうるものだろうか？

彼は麻のジャケットをクローゼットから取り出し出かける用意をした。これは是非厳重に問い質《ただ》すか、もしくは弁明、意見を聞く必要がある。

家を出る前にふと思いつき、内線を操作して診療室の諒子を呼び出した。

「診療時間を一時間以上すぎているのに、患者さんまだ十人以上いるんです。後からうかがいます」

そういって電話を切りかけた諒子に、

「いや、その必要はない。一言だけだ。業者に委託した翔子ちゃんの血液検査の結果だが、明日には出る。検査表を郵送してもらうと時間がかかるから、ＦＡＸで送ってもらうこと。忘れないでくれ」

と富永はいった。

九

翔子は夕食に現われず達三が特製のとりなべを作った。ざく切りの玉ねぎともつの部分も含むとり肉を味噌《みそ》と砂糖、酒で煮込んだだけの素朴なものである。

日下部は達三に日本酒を勧められたが断り、夕食後も馬小屋にこもった。

「手元が暗かったらこれを使ってくれ」

そういって達三は開拓当時から使ってきたというランプを、二階の納戸から探し出してきてくれた。

この日諒子の帰宅は九時近かった。あれからまたばたばたと患者が押しかけたのである。中には性病の放置から卵管が詰まり、その状態でセックスを重ね妊娠、子宮外妊娠が疑われる高校生の例もあった。この手は応急処置をしたあとすぐ、手術のできる近隣の大病院へ移さねばならず手間どった。

帰りに富永を部屋に訪ねてみたが不在で、妻に聞くと夕方どこへ行くともいわず出ていったという。

諒子は帰り着くとまず翔子の部屋をのぞいて様子をみた。安らかな寝顔で三時にケーキを作ってからずっと寝ているようだと達三から聞くと、よほど疲れている証拠だと思い不《ふ》憫《びん》になった。

それから祖父の作ってくれたとりなべをつつき、白ワインをグラス一杯飲んだ。テーブルの向かいには達三がいて新聞を読んでいる。茶を飲み終わった諒子はついていたテレビを消して、

「翔子のことで話しておきたいことがあるの」

と達三に話しかけた。

「いいだろう」

達三はかけていた不似合いな眼鏡《めがね》を外した。

そこで諒子は昼間日下部にも話した疑問を改めて祖父にぶつけた。達三がかけつけた時翔子はすでに犯されていたのではなかったか？

「何でおまえはそう思う？」

いきなり達三は鋭い声を発した。いわれた諒子が一瞬怯《ひる》むと、

「たしかにこのあたりの若い連中はやりたい放題だ。だから同じ年頃《としごろ》の妹もちがわない。そんな風に思っていったんなら大まちがいだぞ。あの子は無理やりあいつにやられかけていた。そして必死に抵抗していたんだ」

と大声で続けた。

そこで諒子もやはり大きな声を張り上げて達三の推理を否定し、普通ではない翔子の言

動、特に旺盛《おうせい》すぎる食欲について触れた。

「想像妊娠でもあることなの。だから真実はもっと悲惨で、おじいちゃんの証言は一流の思いやりかもしれないと思ったのよ」

「馬鹿な」

達三はいい切った。それから、

「実をいうとわしはあれであの子を見直したよ。骨がある。普通の学校が嫌なら好きな道を進ませてやりたい。道内に適当なところがなければ東京へ出してもいい。おまえは一人前になった上、診療所から月給をもらい家に入れてくれている。ありがたいことだ。それでわしの方は金が余る。ここの生活は金がかからずほとんど使いみちがないからな。ところであの子に何か好きなことはないのか？」

と聞いてきた。

「おじいちゃんの宿敵の爪《つめ》だわ」

諒子は噴き出しそうになるのをこらえていった。そして、

「ネイルアートというの。美容と芸術がミックスした分野だけれど将来性がある」

と続けた。

「ネ・イ・ル・ア・トね」

達三は不器用に短く区切って発音し、

「ちゃんとした仕事になるんならかまわないじゃないか」

と微笑《ほほえ》んだ。

「ほんとうかしら？」

諒子の方が半信半疑でめずらしくおだやかな祖父の顔を見つめる羽目になった。

「知らなかったか？　若いきかないやつは育てがいがあるもんなんだ。おまえは聞き分けがよすぎたが、家を飛び出したおまえのお父さんはそうじゃなかった。あの子は血はつながらなくてもあいつに似てる。だから面白い」

達三の表情はさらになごんだ。

そのあと急に険しい顔になって、

「まずは警察だ。あのことを警察へ通報してあいつをこの村から追い出す必要がある。あんなクズがうろうろしていたら育つ草も枯らされてしまう。あいつを駆逐する。これもわしの仕事だよ」

といい口を真一文字に結んだ。

達三は立ち上がりリビングの窓寄りにある電話台へと歩いた。現在達三はこの村の農協の理事をつとめている。理事の一人が達三と同い年の幼友達でその長男が警察署長だった。たしか同居していると聞いていた。そんなわけで彼は理事の幼友達の家に直接電話をかけた。

簡単な挨拶《あいさつ》の言葉を口にしたあと息子を呼び出す。用件を告げる。聞いていた諒子は多少案じたが、簡潔で要点をついている上によどみなかった。だが相手のコメントは短かったようで、

「ああそう」

すぐに達三は電話を切った。

表情は一層厳しいものになっている。

「強姦《ごうかん》ならともかく未遂となるとなかなか調べられないとさ。そこを押して本人を取り調べるには、のっぴきならない証拠が必要だそうだ」

と達三は思案げにいい沈黙した。

日下部がリビングを訪れたのは、達三が自分の部屋に引き上げてからほどなくだった。

「お茶でもいれましょうか」

シンクの前で片付けをしていた諒子がその手を止めた。

「冷たいティーにしましょうか？」

「いいですね」

思わず相づちを打ったのはまだ暑いと感じていたからだった。北海道では盛夏でも普通クーラーは不要。それがこの夏に限ってはめずらしく猛暑が続いていた。夜になっても気温が下がらない。それで熱い茶よりもアイスティー。

「お仕事の方はいかがです？　父の残したノートはわたしも少しは読んでいるんですよ」

氷の浮いたティーはベルガモットミントの香りがした。

「今やっと熊送りと祭りの食に関する聞き書きに辿《たど》り着きました。聞いてはいましたが興味深いものですね。すっかり夢中になってしまっています」

日下部は夜も馬小屋に通っている理由を明らかにした。

熊送りはアイヌ語でイヨマンテ。山の神は熊の姿をしているとアイヌたちは信じていた。またあるいは熊は山神が人間に肉を与えるために遣わした使者だとも。よって熊送りは熊の霊送りともいわれる。熊の魂を神の国へ送り返す儀式であり、神々への深い謝意をこめた讃歌《さんか》であった。三日かけてていねいに行なわれる盛大な祭りであった。

「熊送りの熊料理はたしかたたきでしたよね、新鮮な熊の肉でつくる——。父の資料を読んだのは中学生の頃《ころ》でとても驚いたのを覚えています。北海道にいても知らなかったんです。もうその頃には熊送りも熊の肉を食べることも少なくなっていましたから」

諒子はノートから得た知識を披露した。

「かつて熊は日本全国の山間で、冬には必ず食用として当てにされていた動物です。たたきでこそ食べないが汁や煮物、醬油《しょうゆ》、味噌《みそ》漬け、すき焼き。栃木県の名物になっているそれそれは熊の血のソーセージです」

「ということはアイヌ以外の日本人の間でも熊送りが行なわれていた可能性、ありませんか？」

　日下部は諒子に聞かれた。

「残念ながら他では熊を送る風習はありません。虫を送るのであれば、ほぼ日本全国の農作地帯に残っているはずです。ただし虫送りの意味は熊送りとは少しちがうんです。害虫駆除が目的。虫祈禱《むしきとう》という風習もあることから駆除した虫への供養だという人もいます」

　そこで日下部は言葉を切った。ふと諒子が話したいのはこの手のことではないような気がしたからである。引き続き翔子のことが案じられてならないのではないか？

　すると彼女は、

「妹のことなら」

　と切り出し、思いがけず達三が翔子に好意的になりつつあることを報告してくれた。

「先生のおっしゃる通り災い転じてですわ」

　諒子はほっとした晴れた表情でいった。それから、

「そうそうアイヌのことにくわしい方ならこの村に一人おられます。アイヌの血を引く女の絵描《えか》きさん。うちの裏手を流れる川の上流に、アイヌが住んでいたという洞窟《どうくつ》があるんです。そこもうちの所有地だったものですから、ぜひ見たいとおっしゃったのが祖母との縁のはじまりだったとか。祖母も絵が好きでしたからすぐ意気統合して、とうとうここに住みつくようになられたんです。その方の作風はアイヌの風俗で食事の風景なんかもあり

ます。一度おたずねになってみてはいかがです?」

と勧めてくれた。

翌朝達三はまだ暗いうちから目をさましていた。ベッドから起き上がり野良着にしているつなぎに着替えると、まだ眠っているはずの家族に悟られないようにそっと家を出た。

「喜多川さん、お気持ちは重々お察しいたしますが、お話をお聞きする限り、その娘さんが水田にはまったのは事故のようです。これといったけがもしていない。おっしゃるような容疑の事情聴取は確たる裏付けがないとできないんです。人権侵害になりかねませんからね。家宅捜索も同じです。意外にむずかしいものなんですよ」

と昨夜苦りきった声で警察署長の荒木芳明《あらきよしあき》はいった。

達三は白みはじめた空の下を速見卓の家へと向かっていた。

あの男には何かある。邪悪な存在だ。自分はたしかに歯を剝《む》き出した野獣のようにやつが、あの子を襲うのを見たのだから。この真実は是が非でも追究する必要がある。そのうちやつの害は放った化物《ばけもの》のテントウムシにとどまらなくなるだろう。やつの毒牙《どくが》はますます伸びてくる。この村はもっともっと汚染される。それを食い止めなければならない。

それがこの老いぼれにもできる役割分担というものだ。たしか伊達《だて》藩士だった祖父も同じことをいっていた——。

達三は速見の悪の証拠は暮らしぶりを調べれば必ずわかると確信していた。その意味では富永の妻と同意見で、気がつかない医師はどうかしていると見做《みな》していた。

達三は村外れ近くまで歩き続け速見の家の門の前に立った。石垣が築かれているせいで城郭のように見える。農業中心のこのあたりではこうした豪壮な門構えの家はほとんどなかった。どの家もたいてい地価が安く広大な敷地を所有しているが、これ見よがしに見せびらかしたりせずに、畔道《あぜみち》や田畑、竹藪《たけやぶ》などの周囲の自然と同化していた。

しばらく彼は門から鉄筋建ての不可思議な灰色の塊を見上げていた。はじめの不快感が去ると、これは速見という人間そのものだと思えてきた。思い上がった自分だけの世界に閉じこもるべく、周囲をシャットアウトしようとしている。石垣の上の鉄条網は、狭い王国を確保するために張りめぐらされているだけのことだ。

達三は裏手に回った。この村の地形と業者を熟知している彼には、裏手にはもう石垣も鉄条網もないとわかっていたからだ。速見の家の裏側もまた達三のところと同じで川と山林が隣接しているはずだった。

そんなわけで達三は朝露の匂《にお》いが芳《かんば》しいぶなの林の中に一度足を踏み入れ、そのまま進んで速見の家の裏玄関まで来た。犬がいないのは知っていたので気持ちは楽だった。

裏玄関は押しても開かない。まさかとは思ったが表にまわった。試してみると表の玄関はするりと開いた。達三は敏捷《びんしょう》な身のこなしで家の中に滑り込んだ。

はじめに彼が開けた扉は居間へと続いていた。中央にどっしりした皮張りのソファーが置かれている。四角い大理石のテーブルの上には洋酒が何本かとグラス、写真の類《たぐ》いがあった。まず目についたのは少女の写真だった。アンティークの写真立ての中に飾られていた。少女はショートカットで明朗快活そのものといった感じで笑っている。ひまわりのような少女。

一方少年の写真もあった。端正な顔立ちの少年だったがひ弱でやや暗い印象を与える。陰花植物のような少年。

よく見るとそれは速見卓のものだった。達三は少女と少年を見比べた。一瞬まるで似ていないように見えたが、整った目鼻立ちには共通点がある。きっと血のつながりがあるのだろう。あとの写真は彼らが両親らしい変哲のない中年男女と写っているもの。

ここへ来て達三の確信がわずかだがぐらついた。家族の思い出を大切にしている速見という男。あの時の彼はどうかしていたのではないだろうか？　根っからの変質者などではなく一時の気の迷いだったのかもしれない。

だがすぐに迷いは消えた。まず彼は匂いに気がついた。彼のいるところには樟脳《しょうのう》特有の匂いが充満していた。達三の目は四方の壁に取り付けられている陳列ケースに吸い寄せられた。ケースの中はピンで固定された昆虫類であふれていた。またケースは照明つきで標本は人工的な光に照らされていた。蝶《ちょう》や蛾《が》、蜂《はち》、イナゴ、バッタ、ハエ、カブトムシなどの採集箱が、それこそ何十という数並んでいた。

達三は目がくらみそうになった。昆虫類は彼が始終目にしているモンシロチョウやクワガタなどもいたが、奇怪としかいいようのない形や大きさ、色調のものもあった。それらの特徴は蝶や蛾ならどれも大きく極彩色で、甲虫類《こうちゅうるい》やバッタ、イナゴの類いだと頭が飛び出していて触角が長く、手足は鉤爪《かぎづめ》のように見えた。

この様子に達三は思わず身震いした。ふっと祖父や父からさんざん聞かされてきた、バッタによる大虫害のことを思い出したからだった。しかし何より彼が圧倒されたのは、これらの保存された死が漂わせている匂いだった。

こんなものたちと一緒にいる速見はやはりどうかしている。異常だ。達三はさらなる確信を深めてリビングから続いている台所へと入った。

台所には電子レンジが一つとシンクの中に汚れたままの皿が漬けられていた。もっとも達三の目は別のものに集中していた。

ずらりと並んだ飼育箱が、電子レンジが置かれているカウンター全部と、食卓を埋め尽くしていた。

達三は飼育箱の中をのぞいていった。手足が硬直しているのがわかった。ここで出会う虫たちは、日頃《ひごろ》畑で顔を合わせている連中とはちがうという気がしていた。それほど顔馴《かおな》染《じ》みでもないし扱いやすくもない。飼育者の速見の化身のように思える。達三は自分で認めたくはなかったが怯《おび》えていた。

速見の虫たちはクモの類いが多かった。一目で毒グモとわかる巨大なタランチュラもいた。だが彼はこれらにはそうびくつかなかった。むしろ周囲の葉の色で存在がわからなかった、緑色の毛虫が驚異だった。その草の色がさっきリビングで標本を目にした、醜い風体のバッタやイナゴを想像させたからだ。あれはここでの悪の象徴で速見そのもののように思えた。

達三は台所の奥に奇妙な階段があることに気がついた。それは人一人がやっと通れるぐらいのもので地下へと続いていた。これだと達三は思った。虫を集めたり飼育したりの趣味を暴きたてたところで、犯罪の立証にはならない。もっと証拠は決定的なものでなければならなかった。

地下に下りた達三は薄暗い通路を進んだ。驚いたことに地下室は手狭な物置きなどではなくて、通路は広く部屋数が多かった。まさしく地下の城塞《じょうさい》だと達三は思った。やっぱりこれは何かある。

部屋のドアを片はしから開けようと試みた。開かない。中ほどまで歩いてきてようやく開いたままの部屋に行き当たった。達三はすっと中へ入り壁の電気をつけた。

大きなガラス箱の中に椅子《いす》があり、座っている赤黒い人型が見えた。目が慣れてくるとそれが死んだ人間であるとわかった。着衣のように見えた赤黒い塊が小波のように移動している。無数のアリだった。アリたちは休むことなく死骸《しがい》の肉を噛《か》み取り咀嚼《そしやく》し、同時に繁殖し続けている。

「こんなことが」

達三は目を見張り心臓が凍りつくのを感じた。そして、吐き気をこらえながらその言葉を口にした。するとそれに答えるかのように、

「何をしているんです？　ここはわたしの家ですよ」

目の前に速見が立っていた。彼はおだやかに微笑していた。

「これはいったい何なんだ？」

達三は速見を見据《みす》えた。

「見ての通りですよ。この死体は新千歳で拾った女の子です。名前は知りません。年齢はまあ十五、六というところですかね」

速見はさらに口元をゆるませた。そのため笑いはにやついたものになった。

「何のためにこんなことをする？」

達三の声は震えていた。

「裁きですよ。最近の女の子たちは節操がない上に傲慢《ごうまん》じゃありませんか。セックスを最大の武器にして何かというと権利ばかり主張する。男を役たたずと馬鹿にする。たまったものではありません。お仕置きが必要です。ちがいますか？　実はわたしの姉も彼女たち

にそっくりでしてね。いずれこの姉も探し出して処刑しなければと思っているんです」

「あんたの姉さんならさっき居間で写真を見た。しかしあれは何年も前のもののはずだ。だから姉さんはもう女の子なんかじゃない。大人の女性になっている」

指摘しながらこれは悪夢だと達三は心の中でうめいた。相手は完全に狂っている。

「気に入りませんね。あれが姉のすべてですよ。ぼくの姉です。主婦なんていうつまらないものになっているはずがない」

そこから速見の表情は加速度的に歪《ゆが》み続けた。それから、

「そういえばあなたと同じことをいった人がいました。ここへ来たのも少し前のことでした。よく知った方ですよ。会わせてあげましょうか」

達三は背後から突然どしんと背中をこづかれた。膝《ひざ》をついてうずくまりかけたところを、サッカーボールのように蹴《け》り続けられた。速見が手の中のものを操作した。地下室の壁が割れたかのように見えた。シャッターが持ち上がり隠し部屋があらわれた。

スチール製の扉が開けられ達三はそこへと蹴り入れられた。扉が閉まると窓のない二畳ほどの空間は真っ暗で、達三は早くも息の詰まりかかるのを感じた。

「すでに連れがいます。棺桶《かんおけ》にしては気がきいているでしょう？　何より何も見えずに終わるのがいい。それとサソリの毒は速効しますからね。それほどは苦しみません」

それが達三が聞いた最後の声だった。そのあとすぐかさこそと音がして、サソリたちが

ズボンをせり上がってくる気配がした。

　まずサソリの尾の針が彼の左手首を刺した。燃え上がるような痛みを感じた。それから痛みは右手の親指と人差し指に同時に来た。そのあとの攻撃についてはもう覚えていられなかった。部屋の床に横たわっている自分の上に無数のサソリが群がっている。それがわかっているだけだった。

「やめろ」

　達三は連続する激痛にむせびながら床を七転八倒した。ふり落とせる見込みなどなかったが、両腕をがむしゃらにふりまわす。

　つと彼の左腕が人間らしき物体に触れた。彼にはそれが誰《だれ》だかはわからなかった。だが一人で死ぬよりはいいと思えた。

　そしてあの男のいった通り、この暗闇《くらやみ》もましだと感じた。サソリと聞いて達三が連想したのは、あの醜怪な形のイナゴやバッタ類だったからだ。甲殻類を想《おも》わせるあの形。きっとあれらも暑い異国のものにちがいない。

　そしてたとえ異国のもの同士とはいえ、あのイナゴやバッタによく似たサソリに襲われたくはなかった。少なくともあんなものを目にしながら死にたくはない。そんな死だけはごめんだった。

達三はそのまま戻らなかった。日下部は朝ダイニングで諒子と顔を合わせた。諒子はまずシンクの水切り台に達三の茶碗《ちゃわん》と箸《はし》がないことを指摘した。

「まだでかけているのね。朝早くドアベルの音で一度目がさめたのよ。山へでも入っているのかもしれないわ。そのうち帰ってくるでしょう」

そういいながら彼女は和食党の達三のために炊飯器をセットし、小鍋《こなべ》にじゃがいもの味《み》噌《そ》汁《しる》を作った。

それから朝食をすませた諒子が出勤していった。日下部は馬小屋で昨日の仕事を続けた。しばらく時を忘れて文献を読み漁《あさ》っていると、戸口に翔子の姿があった。気のせいか顔が、もともと小さかった顔がさらに小さくやつれて見える。

「警察から電話。ここのお祖父《じい》ちゃん、川のそばで死んでたって」

翔子はぼそりといった。

「何だって？」

一瞬日下部は自分が聞きちがいをしたのかと思った。

「今何といった？」

「お祖父ちゃんが死体で見つかったのよ」

そこで翔子はやや声を張り上げて繰り返した。母屋へ急いだ。電話の鳴るけたたましい音が聞こえていたからだ。

「もしもし」

電話は諒子からだった。翔子がいったのと同じ内容の報告だった。それから、

「祖父の死体は富永先生と一緒に発見されたの。富永先生の方は昨夜から行方不明だった。奥さんに行き先もいわずに出ていったきり帰っていなかったの。場所はうちの裏を通る縁《ふち》寒《ざむ》川の上流。彫《ほ》留《る》洞窟《どうくつ》の手前にある河川敷。わたしはこれからそこへ行きます」

といった。

「わかりました。ぼくも至急かけつけます」

答えた日下部はすでに玄関へと走りかけていた。

裏手に出て山林沿いに縁寒川をのぼっていく。気がつくと背後に翔子の姿があった。

「お祖父ちゃん、いい人だったもん」

青ざめた顔で必死に涙をこらえている。

日下部と翔子は走り続け、現場には諒子たちとほとんど同時に到着した。上流近くとあって川の幅は狭く急流で、黒灰色一色に見える河川敷の石粒は大きく鋭い。そこに二人の死体は二メートルほどの間隔で横たわっていた。

二人ともすさまじい死に顔だった。達三の顔は苦悶《くもん》のため変形していくつもの筋が浮き出ていた。富永医師の見開かれて飛び出た目は想像を絶する恐怖を映しているように見えた。とにかく今まで日下部が目にしたどの死体の顔よりも恐ろしいものだった。

堤防の上に横づけされているパトカーが一台。パトカーから諒子が制服姿の中年男とともにこちらへ向かって歩いてきた。近づいてくるにつれて諒子の顔が硬直しきっているのがわかる。血の出るほど唇を嚙《か》みしめていた。日下部の顔を見るなり、

「こんなこと――」

涙が一筋頰《ほお》を伝いかけたのを払いのけて、

「こちら警察署長の荒木さん」

連れを紹介した。日下部は簡単に自分の身分と喜多川家逗留《とうりゅう》の目的を話した。

「残念ですな」

荒木芳明は声を震わせた。

「この村で変死体などあがることなどめったにないからです。犯罪そのものが少ない、平和そのものの村だからね」

と続けてから白衣のまま往診鞄《おうしんかばん》を手にしている諒子を振り返った。

「まずは先生、お願いします」

いわれた諒子はのろのろした動作で鞄を開け、手術用のビニール手袋をはめた。

「実はここの監察医は富永先生が続けておられたんです。富永先生の仕事を引き継ぐということは、この手の仕事もこなすということなんでしょうけど」

諒子は成り行きを日下部に説明しはじめた。

「ただあまりに突然で。しかも相手が富永先生とお祖父ちゃんだなんて。残酷すぎるわ」

またもや涙が頰を伝った。

そこで日下部は手袋の予備を所望してみた。諒子にそれを渡されると急いではめ、いぶかしげな荒木には、

「文化人類学の関連分野の一つが法医学なんです。法医学といっても警察や犯罪ばかりと縁があるとは限らない。古代人の骨の鑑定なんかもこれに入る。というわけでこの手の作業にはなれているんです。お手伝いさせていただきますよ」

といって煙にまいた。

すでに手袋をはめていた荒木はうなずいて、ポケットからビニールの小袋とピンセットを出して差し出してくれた。

「われわれではめったに使いません」

検死がはじまった。二人の死体には外傷は擦り傷一つなかった。他にも絞殺、刺殺が否定された。もちろん凶器に匹敵するものもそばにない。

「あと考えられるのは毒殺ですかね」

荒木が結論を急ぎかけると、堤防の上で二台目のパトカーが止まり、富永夫人が急ぎ足で歩いてきた。矜持《きょうじ》の強い性格なのだろう。グレーの訪問着をきっちりと着つけていて、髪も乱れておらず、始終胸をそらしては姿勢を正しているのがわかった。

「何も殺人事件とは限りませんよ」

荒木の言葉など聞こえたはずもないのに、傲然《ごうぜん》とこの老夫人はいい放った。

「主人は心臓が悪かった。喜多川さんもですよ。カルテならありますよ。証拠として提出することだってできます」

彼女は凄惨《せいさん》な夫の死に顔から目をそむけるようにしていった。

「つまりあなたはお二人の死因がともに心臓麻痺《まひ》だとおっしゃりたいんですね」

日下部は確認した。

「ええ。その通りです」

夫人の態度は毅然《きぜん》としたものだった。言葉を続けた。

「あの二人は開拓魂の体現者でした。尊敬しあって生きてきていて、農薬問題が持ちあがるまではそれはそれは仲がよかった。その二人が殺しあったなんて考えたくありませんからね」

「何も殺しあったとは限りません。論議に熱が入りすぎてどちらかがショック死。とりかえしのつかないことをしたと思った片方が後を追った。そういう可能性だってあります」

諒子が冷静な口調で諭すようにいった。

「その可能性だと後を追ったのは富永になるわね。致死薬に手が届くのは医者の富永の方でしょうから。そうなると富永は喜多川さんを殺して自分も死んだ、つまり無理心中の可能性も出てきますよ。嫌だわ。どちらにせよ富永は医者の本分を外れてる」

聞いていた夫人は皮肉に笑い明晰《めいせき》な分析を展開してみせた。

一方日下部は、

「富永先生がいなくなったのは昨夜で喜多川さんは今日の早朝。二人が例のことを話しあうために会っていたと考えるには、やや時間的にズレがあります。第三者による殺人の可能性もある」

他殺説の可能性を指摘した。

「わたしのいいたいのはそういうことじゃないのよ」

夫人はさらに開き直った。

「事故死でも自殺でも殺人でもあってほしくない。二人の死を事件絡みにしたくない。かつての友情に花束を捧《ささ》げたい。二人の魂を美しく送り出してやりたいの。そのためにはお願い、体を切ったり抉《えぐ》ったり調べたり数字にしたりしてほしくないのよ。諒子さん、あなたならわかるわね」

そこで夫人は皺《しわ》だらけの顔に情感をこめて諒子を見つめた。

その時日下部は諒子が言下に夫人の言葉を退けるだろうと思っていた。夫人のいい分はあまりに情緒的で社会的に見ても利己的だったからだ。だがあろうことか、

「少し考えさせてください」

と諒子はうつむき、荒木までも、

「自然死の診断書をお書きいただけるならば、今日中にご手配ください」

と当然のことのようにいった。

そして結局諒子は心臓麻痺による二人の死亡診断書を書くことに決めた。

「個人の気持ちとは別個に真実は追究されるべきですよ。そうしないと社会の秩序は維持できません」

日下部はいつになく厳しい言葉を相手に浴びせた。すると諒子は、

「わかっています。こんなこと他では考えられないことだと。あるいは法律違反に当たるかもしれません。ただ富永先生の奥さんの意志はここの村の人たちの思いでもあるんです。あの二人はこの狭い村に全生涯をかけて貢献してきました。みんな汚れのないイメージでそんな二人を覚えていたいし、その死も悼《いた》みたいんです。しばらく考えてみましたがわたしの思いも同じでした」

といった。

それ以上は日下部も追究できず、合同の通夜葬儀が翌日の夕方から村の教会で行なわれ

た。この時日下部ははじめて富永も達三も洗礼を受けている、れっきとしたクリスチャンであることを知った。

この手の教会での行事は仏教絡みの葬儀とは段違いに簡素だった。通夜の後の飲み食いなどもなく、オルガンで奏でる賛美歌を聞きながら、参列者たちが死者が収められている棺《ひつぎ》の上に花を捧げるともう終わりだった。身内の意向で故人たちの姿は公開されなかった。あのあまりに恐ろしい断末魔の顔を晒《さら》すのがためらわれたのだろう。

もっともこれではあまりにあっけなさすぎるという配慮からだろう。この後これも夫人と諒子の合同で、ビールなども出る茶話会が計画されていた。誘われたが日下部は断り、隣村にある夜八時まで営業のコンビニエンスストアーまで歩いた。急ぎの荷物を託するためであった。

彼は荷札を書きながら携帯で警視庁の水野薫に連絡していた。水野に喜多川家に逗留するようになった成り行き、農薬会社の駐在員速見卓と翔子のレイプ未遂事件、生物農薬のテントウムシをめぐる達三と富永の対立、そして二人の死亡までことをかいつまんで話してから、

「二人の死に顔は苦しみと恐怖に満ちていた。君が見ても驚くほどだ。それから二人とも外傷はなかったが、喜多川さんの手首と指の間に針の痕《あと》のような赤い斑点《はんてん》を確認した。富永医師の顔は紫色に腫《は》れているように見えた。それと実は至急調べてほしいものがあるん

だ。今ここから送る」

といった。

「血痕《けっこん》？」

水野はすぐに反応した。

「いや。だがわからない」

送る代物はビニールの小袋に入ったタール状の液体で、小量ながらぞっとするような悪臭が鼻をついた。似ているものがあるとしたら腐敗した生ゴミ。達三の靴底に付着していたのを掻《か》きとって保存しておいたものだった。


気分の悪さはますますひどくなってきたように感じられた。翔子は達三の通夜が終わるとほっとして逃げるように家に帰り着いた。

姉は今夜遅くまで富永医院に詰めているだろうし、日下部の姿はなかった。翔子の足はすぐに冷蔵庫や食物のある台所へと向きかけた。異常な食欲。降って湧《わ》いたような猛烈な食欲が翔子を襲い続けていた。

達三が死んだと警察の電話が伝えてきた時も、彼女は前の日の残りのとりなべをすっかり平らげたところだった。前日の夜夕食を摂《と》らなかったのは、姉がふともらしたように太ることを恐れたからである。ダイエット。

だが夜中に耐えきれなくなり、部屋に買いおいてあったスナック菓子をすべて食べた。だが空腹はおさまらずますますひどくなるのを感じた。それで誰《だれ》もいなくなる時間を見はからったのだった。

食べるところを見られたくないという意識と、もうどうでもいいという本能まかせの衝動とが拮抗《きっこう》していた。だが今は安心して本能に身をまかせることができた。

彼女はまず蜂蜜《はちみつ》の入っている丸い瓶のふたを開けた。両手で瓶をかかげるように持ちながら口の中に流しこむ。ごくごくと喉《のど》が鳴った。甘さでむせるようなこともなかった。

それから冷凍庫を点検。生のステーキ肉と半身の塩鮭《しおざけ》をレンジで解凍、そのままむしゃぶりついて食べた。

これで何とか空腹がおさまった。そこではじめて彼女は台所の床に蛾《が》が一匹迷いこんでいることに気がついた。それはクスサンに似た黄銅色の大きな蛾で羽を広げて飛ぶと翔子の右手にとまった。

翔子はじっとその蛾に見入った。彼女は虫など大嫌いで触ることはおろか、蛾は姿を見るのも嫌なはずだった。だが今は少しも嫌ではなかった。ある種の暖かさ、安心感を感じていた。

そういえば達三と富永の死体を見た時も同じだった。彼らからは何ともたとえようのないなつかしい匂《にお》いが漂い出していたのだ。もちろんそれは死んだ肉の匂いでもあったけれども、それだけではなかった。翔子はその時彼らを死にいたらしめた張本人のサソリと、その毒の匂いを感じ当てていたのだった。

翔子は音楽を聞いたような気がした。音楽は彼女が気にいって、切れ間なく部屋に流しているポップスのメロディーに似ていた。

翔子は立ち上がった。行かなければならないと思ったのだ。服を脱いだ。理由は自分でもわからなかった。ただそうしなければならないと感じていた。

ドアベルの音を聞きながら家を出た。喜多川家の敷地から出て牧草地のある山側の隣家へと進んでいく。ちょうど新月で頼りは冷たくきらめいている星の光だけであった。

手の甲にはさっきの蛾が貼《は》りついたままでいた。やがて肩に髪に胸にと虫たちが音もなく舞い降りてきた。それらはクワガタや蛾、ホタルなど夜活躍する虫たちとは限らなかった。蝶《ちょう》や蜂《はち》類、とんぼ、コガネムシなどの甲虫類《こうちゅうるい》も含まれていて、まるで天が支配して翔子めがけて虫たちを降らせているように見えた。夜光虫たちは燦然《さんぜん》と輝いて翔子の全身を彩り、そうでない虫たちは裸《はだか》の彼女を暖かく包んだ。

翔子は草叢《くさむら》の上に静かに横たわった。すると流れ続けていた音楽が不意に止んだ。身体《からだ》の芯《しん》が音楽になり代わったように感じられた。とろけるような心地よさとつんつんと肉をつきあげてくる辛《つら》さに似た熱さの両方。思わず彼女は跳ね上がるように起き上がった。虫たちはやはり音もなく退去し、一糸まとわぬ全身が闇夜《やみよ》の中に白くぼんやりと浮かんだ。

翔子は三メートルほどの距離にいる少年を見つめていた。白川俊《しらかわしゅん》。彼は隣家の白川家の長男で、翔子が席をおいている公立高校のクラスメートだった。サッカー部員の白川俊は女生徒に人気があるようだが、翔子はとりたてて彼に興味があるわけではなかった。少なくとも今までは。

「君の姉さんに頼まれたんだ。どうしているか様子を見ていってほしいってね。だからほらこれ」

白川俊は自分が見ていたことを、翔子に気づかれたとわかると急にどぎまぎした。そして手にしていた風呂敷《ふろしき》に包まれた重箱を掲げて見せた。彼はいいわけを続けた。

「それで家に立ち寄ろうとしたら、ちょうど君が出てくるところだった。心配になって後をつけた」

翔子はまだ彼の顔を見つめ続けていた。そして目線はそのままでふっと微笑した。言葉はなかった。

すると俊が近づいてきた。着ていた制服の上着を脱いで翔子に渡しながら、

「とにかくこれを着て」

といった。

そして翔子が着終わると、

「実は転校してきたその日から君が好きだったんだ」

と告白した。

翔子は微笑《ほほえ》みながらうなずいた。それからゆっくりと膝《ひざ》を折り、再び草の上に身体を横たえかけた。

「ここで？」

俊は怯《おび》えたようにあたりを見回した。

「正直なところぼくは虫が苦手なんだ」

いわれた翔子の顔が凍りつきかける。そこで彼はあわてて、

「ぼくの家に行こう。両親は富永医院へ行って今日は遅くまで帰らない。年の離れた妹はまだ五歳。とっくにベッドの中だよ」

といった。

翔子はうなずき白川俊と並んで歩きはじめた。再び音楽が聞こえてきていた。笑顔の俊は楽しげで口をぱくぱくと動かしている。翔子と仲良くなれたことがうれしくてならないのだ。

だが翔子には聞こえなかった。あの時、姉と話していて言葉が聞こえなくなった時とそっくりだった。あの時もかすかにではあったがこの音楽が聞こえていた。部屋の中からではなくもっと別のところから——。

酪農一辺倒の白川家は牧場が敷地の中にあった。再び音楽が止んだ。俊の家が近づくに

つれ飼われている牛の匂いが濃く強く漂ってきた。翔子はたまらなくなった。それで門を通り抜けたとたん、翔子は牛舎へと突進しかけた。

「だめだよ。家はそっちじゃない」

俊が追いかけてきて翔子の腕をつかんだ。それで彼女は仕方なく彼に従った。家に入りまずはリビングでもてなしを受ける。

「何を飲む？　アルコール類もたまになら許してもらえる」

そういって彼は缶ビールとカクテル飲料を出してきた。

翔子は黙って首を振った。台所の冷蔵庫のある場所をうかがった。動物の匂いを嗅《か》いだとたん、また押し寄せるように食欲がきた。

「つまみはこれだけ。ポテトチップ、ちょうど切れちゃったところ」

俊は冷蔵庫からチーズを出してきて勧めた。

「自家製なんだ。うちじゃ、ずっと生チーズと生ハムの試作を続けてる。だから味はまあまあだと思うよ。ここじゃ、そうめずらしくもないだろうけど食べてみて」

翔子は差し出された飲み物はふたも開けずに放り出し、皿の上のカマンベールチーズをつかみとった。

手の平サイズの丸型のチーズが数分のうちに消えてなくなる。目を見張りかけた彼を尻《しり》目《め》に翔子は台所へと歩いた。冷蔵庫を開け、保存されている残りの生チーズを籠《かご》ごと取り出す。かぶりついて次々と咀嚼《そしゃく》した。

「だめだよ。そんなことをしたらぼくがうんと怒られる。それは試作品だといったろう。業者にテストしてもらうよう寝かせてあるんだ」

俊の声は半《なか》ば泣き声だった。あわてた彼は翔子に走り寄ってやめさせようとしたが、反対に組みしだかれたのは彼自身だった。

翔子が覆い被《かぶ》さってきた。唇が奪われた。長く熱い濃厚なキスだった。だが奇妙に心地よかった。そこからかっと燃えて全身の細胞がぴりぴりと活気づいてくる。

それで一瞬唇を離した時翔子の顔が見え、唇からたらたらと流れて出ている唾《つば》の正体に気がついても止められなかった。

ねとねとと黒い唾。だがよく見ると蠢《うごめ》いているのは無数のアリの幼虫たちだった。

十一

翔子が身体を引くと白川俊は起きあがってリビングの扉をうかがった。

「何してるの？　お兄ちゃん」

妹のとも子だった。開けた扉にもたれかかるようにしてこちらを見つめている。わずかではあるがあどけない瞳《ひとみ》が恐怖を映していた。

「あのお姉ちゃん、どうして裸なの？　口から黒い煙を出すのはなぜ？」

「魔法だよ」

俊は幼い妹を安心させるように微笑んだ。

「ともちゃんも魔法にかかりたくない？　魔法はとっても楽しいんだよ」

幼女の顔に好奇心と安心感の両方が宿った。

「うん。魔法、かけて」

「わかった。だからあっちへ行こう。お部屋でかけてあげる」

そういうと俊はとも子の手を引いた。


葬儀の終わった翌々日、翔子は朝突然、学校へ行くといい出して諒子を戸惑《とまど》わせた。

「あたしが学校へ行かないこと、お祖父《じい》ちゃん、気にしてたでしょ。だからさ、せめてもの償《つぐな》いみたいな心境なんだ」

翔子はいった。すらすらと出た言葉は、自分のものではないような気がした。あたしはいつからこんなに上手《うま》く自分の感情を表現できるようになったのかしら？　それに達三を悼《いた》む気持ちはほんとうだったが学校へは少しも行きたくなかった。なのに学校へ行きたいなどといってしまった。これはなぜ？　今のところ音楽は止んでいる。

「そう。それなら素晴らしいわ。行ってらっしゃい」

諒子は予期せぬ妹の変身ぶりに不安を感じていたが、それを振り払うように陽気にいった。一方、居合わせた日下部は、

「たしかにいい心がけだけど、翔子ちゃん、ちょっと無理してるんじゃない？　達三さんのことと学校行きを関連づける必要はないよ」

と指摘した。

その通りだ。達三がいなくなって悲しいのと学校へ行くのとは別問題だ。翔子は大声でそうじゃなかった、登校はしないと叫ぼうとした。だがその代わりに、

「まあお祖父さんのことはきっかけかもしれないな。ほんとうはそろそろ行きたいのよ。支度《したく》しなきゃ」

と彼女はいい自分の部屋へ引っ込んだ。

白川俊が迎えにやってきた。近ごろは農村地帯の青少年の間にも、都市並みのファッションや遊びが流行、横行している。そんな中で彼は少なくともきちんと制服を着こなしている少年の一人であった。ひょろりと背が高く足が長くはにかむように笑う。繊細で洗練された雰囲気もあった。

「なるほど」

二人を送り出した後で諒子は苦笑いを浮かべた。そして、

「きっかけはお祖父ちゃんではなく彼ね。おとといお隣りの白川君に翔子の夕ご飯を託し

たのよ。こんなことになるとは思わなかったけど、よかったのかもしれない。きっかけは何であっても立ち直りさえすればいいんだから」

といった。

翔子が白川俊と並んで校門を入ると、校庭の木陰に集っていた少女たちの目がいっせいに二人をとらえた。それから何人かで額を寄せあい、二人にちらちらと視線を送りながら、ひそひそと話しはじめる。ちょうどこの日は朝礼のある月曜日で、二人も校庭に止《とど》まっていた。

翔子は自分から離れようとしない白川俊を押しのけた。サッカーボールを蹴《け》り続けている男子生徒の集団に近づいていく。校庭のフェンスよりはサッカー用のコートにしきられている。ここの使用は朝に限って体育の授業やサッカー部員以外にも認められていた。サッカー好きの有志が参加してチームに分かれ試合をする。毎朝コートの周辺はにわか選手を声援する生徒たちで賑《にぎ》わっていた。

翔子は惹《ひ》かれるままにコートに群がっている生徒たちの間を進んだ。埃《ほこり》と汗のまじりあった匂い、雄《おす》特有の強い体液の匂いが彼女を呼んでいた。

「どいた、どいた、どいた」

俊はその彼女のために群がっている生徒たちの列をかきわける。押されてスペースを開

けさせられた一人の少年が不快げに振り返った。だが相手が白川だとわかると友人だったのだろう、

「ふーん」

翔子の顔をまじまじと見つめて、

「そういうことだったのか」

とにやりと笑った。

朝礼が終わり授業がはじまっても俊は翔子から離れなかった。クラス委員でもある彼は教員室へ出向き、

「先生、しばらくぼくを彼女の隣りの席にしてください。彼女やっと出てきたんです。できればずっと登校してきてほしいと思います」

と談判に成功してしまったのだ。

その翔子がクラスメートの少女にメモを渡されたのは昼時だった。

「ちょっと、これ」

メモには放課後屋上に出てきてほしいと書かれていた。メモを書いた主の名前はなかったが、用紙はピンクで女性の丸文字だった。

授業が終わると翔子は階段を上り指定の場所へと足を向けた。すでに相手が来ていることは匂《にお》いでわかっていた。

屋上には五十人は集まっていただろう。女生徒たちが濃紺のセーラー服姿で翔子を待っていた。どの顔もこれから起こることへの緊張が従来の怒りに勝っていた。しかしむんむんするような女生徒の匂いは保ち続けている。

階段からコンクリの上を歩いてきた翔子はたちまち取り囲まれ、円陣の中央に立っていた。

「何あんた、たまに出てきてずいぶん生意気なことしてるようじゃないの」

円の内側から声がかかり、百七十センチはゆうにあるポニーテール頭の少女が進み出た。

翔子は無言で薄く笑った。

「それならこっちも挨拶《あいさつ》してやろうと思ってさ」

ボス格の少女が合図すると、三人ほどが屋上の左はしにある道具小屋へと走った。組立式の小さな小屋の扉が開けられた。一人が入りドーベルマンの雑種と思われる黒い大きな犬が引き出された。他の二人が後ろへ下がる。大勢を前にしたその犬は巨体を誇示するかのように低くうなった。犬は手綱を握っているおかっぱ頭の少女が飼っているペットのようだった。

「いいかい。よく聞きな。あの犬ときたら嚙《か》みつくのが趣味なんだよ。指を食い千切られた泥棒もいる。飼い主のいうことしか聞かない」

すでに打ち合わせてあったのだろう。少女たちは道を開け、飼い主と犬は円の中にするりとすべりこんだ。翔子と犬との距離は二メートルもない。

犬が翔子の顔を見据《みす》えて威嚇《いかく》してきた。重く低いうなり声が続く。

「ただしあんたが悪かったと土下座して謝れば犬はけしかけない。許してやってもいい。どうする?」

聞いていた翔子はやはり無言で微笑した。

「ふざけんじゃないよ」

その罵声《ばせい》とともに飼い主は手綱を離した。犬が獲物めがけて飛びかかるのと、翔子の鼻、口、耳から黒い煙がもくもくとわきあがり、犬の身体を包み込むのとはほとんど同時だった。

犬ははじめけたたましく吠《ほ》えてのたうちまわったが、やがてその声はきゃんきゃんという弱々しい鳴き声に変わって止んだ。そして目を剝《む》いた苦悶《くもん》の表情のまま死体となり、ごろりとコンクリの上にころがった。

飼い主の少女が犬の名を呼んでかけよった。すると黒い犬の身体に吸い込まれたかのように見えた煙が移動をはじめた。はじめその飼い主をとりまいて何度か旋回し、やがて他の少女たちの方へと離散していく。

「いったい何が——」

誰《だれ》もがその言葉を口にするか、表情にそれをあらわした。恐怖とも怯《おび》えともつかない極度の緊張感あるいはパニックの前兆。だがそれも一瞬のことだった。

白川俊が姿を現わした。彼は翔子のいる円陣の中央まで歩いてきて止まった。犬の死体を見下ろして微笑《ほほえ》んだ。

少女たちの目は全員が虚《うつ》ろになっていた。麻酔剤でも打たれたかのように意志を喪失している。中には憑《つ》かれたようにぽかんと口を開けている少女もいた。

俊が大きく息を吐いた。するとさっきの翔子と同じように黒い煙がいっせいに噴き出してきた。その瞬間、離散していた煙も意志を持ったかのように見えた。煙同士は合流して少女たちの耳や鼻、口へと吸い込まれていく。ほどなく黒い煙は完全に少女たちの体内へと消えた。

この間翔子も俊もずっと微笑み続けている。アリの幼虫の大群を呑《の》み込んだ少女たちも微笑みはじめた。一人がいった。

「何かいい気持ち」

「うん。あれした時みたい」

それを聞いたボスの少女は笑顔のまま大きくうなずいた。

その日はめずらしく患者が少なかった。それを諒子は誰にともなく感謝した。できれば今日はもう一人の患者も訪れてほしくなかった。彼女は疲れていたのではない。当惑と途方もない絶望感に苛《さいな》まれていたのだ。

向かい合っているのは白川とも子の母親だった。幼女の小さな身体は診療台に横たえられている。泣き疲れてぐっすり眠りこんでいた。三十代半ばと見受けられるこの母親の目も赤かった。

「どうしたらいいか」

母親はさっきいったのと同じ言葉を繰り返した。

「やはり設備のある病院へ移した方がいいんですよ」

諒子は繰り返した。

「そこできちんとした検査を受けるべきです」

「でもそうしたら何もかもわかってしまうでしょう」

母親は両手で顔を覆った。ああという嘆息が続いた。

「そうですね」

諒子は思わず相づちを打ってしまっていた。そうなれば翔子のことも公になってしまうのだろうかとふと考える。

白川とも子は下腹部から出血と痛みを訴えて通院してきた。下着が血に染まって本人が泣き叫んでいるのを、幼稚園に連れていこうと部屋を訪れた母親が発見したのである。

母親はそれをもっとも考えたくないことだが、兄の俊の仕業だと思いこんでいた。この何日間かとも子から目を離したのは、達三、富永の合同の通夜があったおとといの夜だけだったからだ。そしてその折、翔子が白川家を訪れていたとも子は証言していた。お姉ちゃんは家に入ってきた時からおへそから下がすっぽんぽんだったとも。

「妹さんは不登校を続けているそうですね。噂《うわさ》では登別や札幌にいたこともあるとか。歓楽街のあるところでは麻薬なんかも手に入りやすいと聞きました」

母親は冷蔵庫の中のものが食い荒らされていたという苦情を口にしたあと、そうもいった。探るような目だった。

「たしかに妹は髪を染めたり化粧をしたり、都会風が好きなようです。でもそれと薬物とは別ですよ。第一麻薬をやっていると食欲が減退します。お宅の冷蔵庫を荒らすなんて考えられないことです」

諒子は苦しく反撃したものの、本心では裸《はだか》でうろついていたということも、また異常な食欲についても不可解この上なかった。もしかして翔子にはニンフォマニアの類《たぐ》いの、稀《まれ》なる精神疾患が潜在していて、思春期のこの時期、発病しかかっているのでは？

しかもこれはあの母の血と無縁ではない？　などと考えると諒子は頭痛がしてくるほどだった。

だが今は医師として冷静で的確な判断が必要だった。そこで諒子は痛む頭を振って、目の前のとり乱し続ける母親の説得にかかった。

「婦人科は専門ではありませんが内診はしましたよ。裂傷の類いはありませんでした。これでお兄さんの関与の可能性はほとんど考えられなくなりました。ただし直接的にはというニュアンスです」

そこまで話した諒子はあとに、〝お嬢《じょう》さんがお宅の坊《ぼ》っちゃんとうちの妹のいたずらの犠牲になった可能性は残ります〟という言葉をいいかけて呑《の》み込んだ。やはりどうしてもいえなかったのだ。おぞましさがすぎた。それであわてて、

「ある種のショックで生理に似た現象が起きたと思われます。ただ他の病気の可能性もなくはないんです。何しろ五歳の女の子ですからね。いくら早熟とはいえ生理が来るのは早すぎます。ですから大病院で検査が必要。お気持ちがすむのなら妹のことを話していただいてかまいませんせん」

といった。

「わかりました」

母親は納得しとも子は一度連れ帰られることになった。ところが診療台から抱き上げようとして、母親が悲鳴をあげた。おびただしい血が下腹部を染めていて、シーツの上にもしたたっていたのだ。

飛び上がった諒子はすぐに血圧と脈拍を確認した。それから通夜葬儀の直後とあって、遠慮して看護の仕事から外れてもらっていた富永夫人を呼んだ。目の前の小さな患者はこ

のままでは失血死する恐れがあり、至急血液型を調べて輸血を施す必要があったからだ。

現われた夫人は夫の死がもたらした打撃を忘れたかのようにてきぱきと働いた。

そして、

「この子はもう動かせない。ここで預かるしかない。助けるには血液がうんといる。血液を届けてもらうように手配しますからね。大丈夫、死なせはしないから」

うろたえる諒子や母親を尻目《しりめ》に確信ありげに微笑んだ。


速見卓は富永医院の裏木戸をそっと閉めた。笑いが心から顔へとあふれかけている。いいことを聞いた。あの翔子とかいう女の子がジャンキーかもしれないって？　このぶんじゃ、この噂はすぐに村中に広まるだろう。そしてジャンキーがレイプされたなんていう話は誰も信じないだろう。なぜならジャンキーは好き者の悪趣味と相場が決まっているのだから。これ以上いいことがほかにあるだろうか？

患者を装って速見が富永医院を訪れたのは目的があった。速見はあの日の朝、アフリカ産のサソリを使って達三を殺させた後、富永の死体と合わせて縁寒川に捨てた。サソリの毒、ヘマトロピンとニューロトロピンによる中毒死が心臓麻痺《まひ》と酷似して見えることは知っていた。

だが即座に死亡診断書が書かれ通夜葬儀と続いて、いっさいの事件性はないとなった成り行きには半信半疑だった。誰かが思いもかけぬ罠《わな》を仕掛けて待っているのではないか？その疑念が去らず彼は通夜葬儀、両方に参列して注意深く周囲の反応をうかがった。しかしこれといった収穫は何一つなかった。誰もが単純に病死と思いこんでいるように見えたからだ。

驚いたのは仲のよかった二人があいう死に方をしたのは、運命の粋《いき》なはからいだなどという意見が圧倒的だったことだった。速見は呆《あき》れた。この村の人間たちはよほどおめでたく馬鹿なのかと思いかけ、油断は禁物と自分を戒《いまし》めた。

富永と達三の死は七時間以上開きがある。これは死体を検死解剖してみればすぐわかることなのだ。いやそれ以前に死体を見比べただけでも専門家なら見当がつくかもしれない。ということは、今どこかで極秘でその手のことは行なわれているかもしれず、よそ者の自分には決して知らされないだけのことかもしれなかった。

それでずっと速見は落ち着かなかった。だから彼が富永医院を訪れたのは、諒子を通じて真の情報の片鱗《へんりん》でも聞けたらと考えたからだった。だがいざ門の前まで来てみると、あのレイプ未遂のことが頭に浮かび、当然諒子も死んだ達三から聞いていたはずだと思いいたった。通夜葬儀で顔があっても怒りを表に出さなかったのは、単につつしみからだろう。思えばあの時の諒子の整った顔は無表情というよりも冷ややかこの上なかった。

そこで彼は裏口へとまわった。裏口からも診療室に近づけることは、翔子を運びこんだ時に学習済みだった。そして彼は諒子と女の子を連れた母親の話の一部始終を聞いた。富永の妻が二階から下りてくる音がした時にはあわてたが、階段のある位置は表玄関に面していて、幸いなことに彼女は裏口へはまわってこなかった。

帰り道、彼は口笛を吹きたくなるほどの上機嫌を味わっていた。順調だ。何でも思い通りになるではないか？　俺《おれ》はついている。

そこまで気分のいいことはそう多いものではなかった。そしてそんな折、決まって彼は少し骨の折れる楽しみに誘われた。車で家に帰り着くとスコップを持って裏庭に出た。

何度も掘り起こしているので二ヶ所の土は柔らかだった。とはいえ二メートル以上も穴を掘り続けることはそう容易ではなかった。しかし今日の彼は鼻歌まじりだ。心と頭の中がすかっと青空のように抜けている。そんな心地よさだった。

三時間は費やしただろうか。彼は二つの棺《ひつぎ》を並べて見つめていた。それぞれに格別の思い出があったからだ。そしてその熱い思いは今も続いていた。

棺の蓋《ふた》が開かれていく。一つ目はまだそう古くない腐肉だった。アリがとりついている死体の肉が真っ黒に見えた。アリたちは一秒一刻もむだにはせず、せっせと骨から肉をひき剝《は》がしている。

トンボだったかなと彼は思い出した。この相手はトンボのデザインがどうのという話ばかりしていた。宝石にもくわしかった。生きものはモータルだが宝石はインモータルだから、触れていると生について深く考えさせられると。

「そうかな。宝石が絶対じゃない。自分をモータルだと実感するには、モータルな存在になるのが何よりさ」

彼は腐乱死体に向かって微笑《ほほえ》んだ。それからアリたちの様子に眉《まゆ》をしかめた。いささか作業が遅すぎる。この前見た時からあまり変わっていない。

そこで今度はカツオブシムシを使ってみることを考えた。これはアフリカの腐食甲虫《こうちゅう》でコウモリ一匹につき、十日で白骨死体に仕上げてくれる。

その後二つ目の棺を開いた。これはもう完全な白骨死体だった。腐食動物の類《たぐ》いは一匹たりとも見当らない。もつれた長い髪の毛とどっしりした幅広の骨盤で女性のものとわかった。

彼はしばし唖然《あぜん》とした表情で立ち尽くしていた。これが誰《だれ》のものだったか、思い出せない。たしか前にこの棺を開いた時はまだたくさんのアリたちがいて、死体は誰だったか覚えていたはずだ。それが今はもう思い出せない。あんなに早く骨だけになれ、きれいになれと願ったはずなのに、実現してみるとまるで感動はなかった。

彼の頭をふと、喜多川諒子の整った美貌《びぼう》と長い髪、成熟した肢体がよぎった。あの女に魅力も欲望も覚えたことは今までなかった。なのにどうして思い出したりするのだろうか？

十二

日下部遼は再び馬小屋にこもりはじめ、彼の日常はフィールドワークの一環に戻った。喜多川一也の聞き書きノートを読み進んでいく。とうとう熊送りまで来た。この祭りに関するノートは厖大《ぼうだい》な量があった。とにかく彼はざっと読み、思いついて診療所の諒子に電話を入れた。

「前に近くに住んでいるという、アイヌの血を引く女流画家の話をしてくれましたね。訪ねてみることにしました。家のある場所を教えてください」

「今手帳を見てみます」

諒子は即座に答え、ほどなく相手の名前と住所、電話番号を口にした。そして、

「絵描きさんだからたいていは家にいると思う。でも念のため電話してから行って。気むずかしい人じゃないけど、芸術家だから」

とつけ加えた。

一方診療中ということを考慮して、すぐに日下部が電話を切ろうとすると、

「待って」

切羽詰まった声とともに、

「そちらの帰りでかまいません。こちらへ寄っていただけません？　相談したいことがあるんです、ぜひ」

と続けた。

「わかりました」

日下部は約束した。

女流画家は倉橋《くらはし》ステノといい、縁寒川の中流付近にある小高い丘の上に住んでいた。日下部は国道から続いている脇道《わきみち》を五十メートルほど歩いた後、傾斜の急な坂道を上った。行き着いた先にチセ風の屋根が見えてきた。

チセとはアイヌの住居で一本の釘《くぎ》も使われず、柱や横木をはじめこれらを組み立てるのにもブドウヅルなどの植物が使われ、すべて自然物でまかなわれる。縄文人の竪穴《たてあな》式住居に通じる建築様式である。

もっとも丘の上に建っている倉橋ステノの家は、チセ風ではあってもチセそのものではなかった。

屋根や外観こそチセを想《おも》わせたが中に入ってみると、喜多川家や富永医院とそうは変わらない西洋風のつくりで、吹き抜け空間のある二階家であった。

「ああなるほど」

倉橋ステノは日下部の顔を見るなりいった。それからあわてて、

「あなたのテレビは観てますよ。でもなるほどといったのはそれのことじゃない」

といい直した。

すでに電話で訪問の許可はとってあった。倉橋ステノは五十代の半ば。日下部の母同様、大きなわし鼻と灰黒色の切れ長の目、どっしりした大柄な体格の持ち主であった。

ただ声はアイヌのシャーマンを自認している彼の母ほど低くも野太くもなかった。優しい奏でるようななめらかな声に芸術家の感性があふれていた。

「さっきのは、あなたがわたしなんかに会いにきた理由が、感覚的に少しわかったっていう意味よ」

その彼女はさらにそういった。繊細な神経の持ち主にはちがいないが、芸術的センスは持ち合わせていない日下部は戸惑《とまど》いを感じた。だが一方の倉橋ステノは上機嫌で日下部を居間に案内した。

さっきから気がついていたがこの家の中に、アイヌの民俗や文化を想わせるものは何一つ置かれていなかった。ステノ自身も着ているのはジーンズと同質の上着。アッシ、ルウンぺと呼ばれる、半纏《はんてん》や刺し子《さしこ》に似た民族衣装とも、バンダナ風のカラフルなヘアバンドとも無縁だった。

もてなされた紅茶のカップは純白のボーンチャイナだったし、垂らすよう勧められた酒はナポレオンであった。

「わたしはおよそアイヌ的とはいえない生活をしているのよ。でもあなただって同じでしょう、日下部さん」

ステノは笑顔のままポケットからセブンスターを一本とりだして火を点《つ》けた。日下部は勧められたが丁重に断った。

二人はまず各々の家系におけるアイヌの血について語った。母方にアイヌ、父方にロシア人という日下部の身の上話が終わると、

「わたしの場合は父方の祖母が日高《ひだか》アイヌの末裔《まつえい》なの。母方は全部和人。それもあって妹たちはほとんど和人と見分けがつかない。姉妹の中ではわたしだけ祖母似ということになってる」

と彼女はいった。

「それで幼い時から周囲と何となく違和感を感じていたんですよ。疎外感といってもいいわね。だから長い間アイヌの画を描くのは自分の人とちがう容姿のせいだと思ってた。その頃《ころ》はアイヌ関係の民俗資料や民芸品をどっさりコレクションしていたわ。その量たるや、あとで寄贈した博物館が大喜びして、わたしの名前をつけたコレクションにしかけたほどよ。孤独な魂のよりどころというやつかしらね。ちがうとわかったのがここへ来るきっかけ」

「どうちがうとわかったんです？」

日下部は興味を惹《ひ》かれた。

「簡単なことよ。わたしがアイヌの画を描くのは単に絵描きだから。アイヌの民俗や文化は芸術家なら誰でもとりつかれるものだからよ。それを教えてくれたのが喜多川さんの奥さんのサトさん。あの人がこっそりわたしに打ち明けてくれたの。札幌で開かれた展覧会に出品した時、彼女と知り合ったのよ。わたしの作品に感動してくれて訪ねてきてくれたのね。そのうちに彼女も絵を描く人だとわかった。親しくなったサトさんは時間とか体力とかいろんな条件がそろえば、花や風景じゃない、ほんとうはアイヌが描きたいとわたしにいったの。聞いたわたしははじめへえと思ったわよ。この人変わってる、アイヌでもないのになんて思ったりしたわ。ところがこれが大きなまちがいだった。あなた、わたしのどこがまちがってたと思う？」

そこでステノはテストするような視線を日下部に投げた。

「キーワードは縄文人と自然」

日下部はいい切った。そして、

「アイヌのルーツも多くの日本人のルーツも、いや世界中の人間のルーツに至っても縄文人であることに変わりない。われわれ文明人にとって最大の脅威は己れの正体が知れないことです。自然から発生し、ずっと自然に生かされてきた個体であるという事実が薄らいできているからです。だから縄文時代に酷似した生活形態と文化の担い手であるアイヌを知れば、自分たちの原点を知ることができると本能的に察知しているんです。それでみんなアイヌが知りたい。ちがいますか？」

と続けた。

「その通りよ。あなたが今いったのとまったく同じことをわたしは直感したの。そしてこの絵描きであるわたしでなきゃ、できないことをしようと考えたのよ。それはもちろん、後世の人たちのためにアイヌの画を描き残すことにはちがいなかった。ただアイヌの血を引く以上、それなりの誇《ほこ》りも一緒に描き残したかった。それには自己満足でしかないコレクションの類《たぐ》いは無用だとわかったのよ。それでここに来る時一掃した」

「必要なのはスピリッツ？」

「ええ。一掃する前にコレクションのほとんどをデッサンしておいたの。それこそ当時、寝る間も惜しんでスケッチブックに描きなぐったわ。だから不自由なく作画はそれででき る。ここの屋根がチセ風なのは単なる気まぐれよ、あるいは遺物へのセンチメンタリズム」

「画を見せてくれませんか？」

そこで日下部は自分が今手がけている研究について話した。

「熊送りの儀式を食の観点から検証するというのは面白いわ。わたしも実はそれには興味があったの」

ステノはうなずき、

「参考になるかどうかわからないけどごらんください。ビデオやジオレマでは薄まりがちな生活感、臨場感を出したつもりよ」

といって日下部を中二階に案内してくれた。中二階は各部屋がそれぞれテーマ別のアトリエに分かれていた。〝熊送り〟の部屋は〝シャーマニズム〟という札のかかった部屋の隣りにあった。

大きなキャンバスが部屋の白壁に掛けられて連なっている。周囲に何脚も置かれているのは脚立《きゃたつ》で、ステノはこれらを使って画を描いたり手直ししたりしているのだろう。中央には四角いテーブルが居座り、スケッチブックの分厚い山とパレット、筆、油絵具が散乱している。これが部屋の数だけ存在するとなると、まさにここはアトリエの集合体だった。同時にこの上なく充実した展覧室ともいえた。

作品は連作の形がとられている。巣穴での子熊の捕獲にはじまり、成獣に肥育させた熊の弓矢による射殺である熊送りの儀式と、続く祝宴までが描かれていた。

スケッチで網羅し尽くしておいたとステノが豪語した通り、画の中の民俗考証は完璧《かんぺき》だった。正装したアイヌたちについてはいうまでもなく、解体した熊の頭を祀《まつ》る祭壇のヌサも木幣のイナウも、ヘペレアイといわれる花矢にしても迫力があった。

また行事に欠かせないシト、いなきびだんごなどの料理も美味《うま》そうに描かれていた。特に縄文食に近く印象的だったのはチノイペコタタブだった。これはゆでて叩《たた》いておいた熊のほお肉を脳みそとねぎ、塩で和《あ》えるもので、男たちが作る最高のグルメ料理で、箸《はし》でつまんで食べる様子は食というよりも儀式そのものだった。

しかしこの女流画家の作品は、精緻《せいち》な具象表現に終始しているわけではなかった。

「熊送りとはもっともわかりやすい信仰よ。人が食を通して自然イコール神と親和する。あるいは感謝の祈りを捧《ささ》げる。素晴らしいことだわ」

とステノはいった。日下部は炉を囲んでいるアイヌたちの画を見ていた。一年に一度のご馳走《ちそう》を前に彼らはどの顔も上気している。それを見ていると、今にも彼女の画から踏舞といわれるタプカラのステップが、ヤイサマネナの即興歌が、そして神謡のユーカラが聞こえてくるような気がした。

かつて人間たちの生の日常はかくも躍動的だったのだと日下部は思った。熊送りとは生きること、食べることが歓びに満ち満ちていた時代の象徴のようにも思われる。

「見てごらんなさい。ここから縁寒川が見えるでしょう。あの日はうちのちょうど真上をカラスの群れが川原の方向へ飛んで行った。何かある証拠ね。だから通報した」

ステノは眉《まゆ》をひそめた。部屋の窓を開けてその前に立っている。たしかに高台にあるこの家からは地上の風景が見渡せる。

ここからだと牧草地も田畑もともに緑色で区別がつきにくい。点在する白黒の牛の姿でかろうじて識別できた。高い山は存在せずどこまでものどかな田園風景が続いていた。もっとも死体が発見された側の川原はちょうど死角になっている。

ステノは言葉を続けた。

「最近ここから下を見ているとたびたび景色が赤く見えることがあった。何もかも血の色で染まる。カラスを不吉に感じたのはそのせいもあったわね」

「あなたも？」

日下部は驚いた顔で相手を見つめた。そして自分にも同じ経験があること、その素質はアイヌのシャーマン固有のもので、凶事に限って働く予知能力であることを伝えた。

実をいうと速見と達三の諍《いさか》いを止めにかけつけられたのも、その能力ゆえだった。そうでなければ喜多川家の母屋と土手近くの農道までは離れていて、声の届く範囲ではなかった。

「あなたのお祖母《ばあ》さんもシャーマンの家系？」

ステノは格別驚いた風もなく聞いた。日下部はうなずき、

「母もそうです」

とつけ加えた。すると相手は、

「それは強力ね。うちは祖母だけ。だから隔世遺伝よ。でもこれあまり楽しいことじゃな

い。家族を持たないでこうして暮らしているのもそのせい、あるかもしれないわ。家族や愛する者の不幸なんて誰《だれ》が見たい？」

淡々とした口調で続けた。それから、

「それにたとえ家族じゃなくても知人でも嫌なものよ。サトさんの旦那《だんな》さんの喜多川さん、富永先生、二人とも、わたしがここへ来てからずっとお世話になってきた人たちだものね」

しんみりといった。

「彼らは言い合いをしていてともに心臓が止まったということになっています。それを信じますか？」

日下部はずばりと聞いた。

「まさか」

ステノは神秘的ともいえる微笑を口元に浮かべた。

「通夜葬儀に行かなかったのはわたしが変り者の絵描きだからだと、世間は思っているでしょうね。そうじゃないのよ。警察が報告してきた死に方に納得できなかったから」

「直感的にそう思った？」

「それだけじゃないわね。あの二人をわたしはよく知ってるの。あのテントウムシ論争もね。あの二人にはたとえ何があろうとも、あんな死に方をするほど相手を憎みきることはできなかったと思う。それと死神の存在。アイヌの神は人の生死に関わって時に死神の役目を果たすわけだけど、二人が言い争っていたとしたら、神はどちらか自分が認めた方を生かすはずよ。アイヌの死神は現実主義者だけれど悪魔ではないわけだから」

「日本ファーマーズ社のテントウムシはここにも？」

日下部は窓の下を見下ろしながらいった。地面はいちめんのクローバー畑で家庭菜園の存在は見受けられない。ライフワークとともに生活しているに等しいステノは、画業で忙しくそのひまがなさそうだ。

「まだ見ないわね。達三さんに世話になったというのはそのことよ。農協に口をきいてくれて、わずかな量でも野菜やお米を配達してくれるように、便宜をはかってくれたの。そうしてくれなければ今頃《いまごろ》、うちの庭もあのテントウムシで真っ赤に染まっていたかもしれないわ。でもきっと時間の問題ね。ここには野生のラズベリーがある。いずれラズベリーにつく虫目当てにあの食肉虫たちが飛んでくるでしょうよ」

ステノはゆううつそうにため息をついた。

「喜多川さん同様生物農薬のテントウムシには反対？」

「種の操作うんぬんの問題は横に置いておく。この問題はわたしのテリトリーじゃない気がするから。ただわたしはこの自然界はすべての命あるものの共有財産だと思ってるの。これはアイヌ民族の思いでもある。だから人間優先の論理を実践するのはいかがなものかと。生きとし生けるものたちの世界のバランスが崩れる。それが心配ね。そう、思い出したわ」

そこで一度彼女は言葉を切った。それから、

「アイヌの送りの儀式は調理と関係している。だから熊なんかの陸獣の他に鳥や海獣、魚類、つまりシカやフクロウやアザラシ、鮭なども送っていたわけよ。あともの送りというのがあって、使われなくなった日用品も送って神にして崇《あが》めた」

「それなら内地にもあるつくも神信仰と共通する。多神の自然神を崇める原始宗教はとにかく手厚いのが特徴」

「ところがここで一つ抜けているのが虫なのよ。一寸の虫にも五分の魂という言葉があるわね。仏教の殺生《せっしょう》禁止と関係があるんでしょうけど、アイヌのユーカラにも虫を神と見做《みな》す話がある。にもかかわらず虫を送ったという話は聞かない。わたしの知る限りでは資料にもない」

「そうだとしたら災害と関係するかもしれません」

日下部は札幌にある、おびただしいバッタの死骸《しがい》を埋めたという塚を思い出していた。開拓民の死活に関わった想像を絶する虫害。ヒエを耕作していたアイヌたちにとって虫が送りの対象にならなかったのは、彼らの存在が脅威的すぎたからだと考えられる。

日下部はそのことを指摘し、

「虫は疫病や洪水、旱魃《かんばつ》などと並んで悪神の代表格であった可能性が高い。もしかしたらアイヌの居住地だったどこかに虫塚ならあるかもしれませんよ。凶事の主役を供養してなだめ、自分たちの守護に当たらせようという生活の知恵は、太古《たいこ》の昔から万人共通のものでしたからね」

といった。すると相手は即座に、

「彫留《ほる》洞窟《どうくつ》はちがうかしら？」

と反応してきた。言葉を続ける。

「ここの地名がアイヌ名に由来しているのはすでにお気づきでしょう。彫留洞窟のほるはアイヌ語のポル。アイヌ語で洞窟はポルといいますよね。縁寒川はアイヌ語でペッサム。川辺という意味です。またこの村は井戸無村といいますが」

いいかけたステノに日下部は、

「やはりイドンナプですか」

大声をあげた。イドンナプとはアイヌ語でアリを示す。

「じゃないかという気が今してきたのよ。以前彫留洞窟の発掘に関わったここの古老に話を聞いたことがあるの。骨角で作られた立派な小刀や祭壇らしきものは発見されたけれど、鍋《なべ》とか食器とかの生活必需品に匹敵するものは出てこなかったと。だとしたらここがアイヌの虫塚だったとしても不思議はないでしょう？　今から出掛けてみましょうか？　ここからならそうは遠くないわ」

女流画家は好奇心旺盛《おうせい》で行動的だった。

「魅力的なお誘いなんですが残念です」

日下部は地平線にあらわれた夕方の気配と腕時計の両方に目を走らせた。

「約束があるものですから」

彼は諒子の医院に立ち寄らなければならなかった。

「じゃあ、そこまでご一緒しましょう。わたしは行ってみますよ。思いつくとすぐに実行しなければ気のすまない性質なのよ」

ステノはそういって上着を取りに階下へ下りた。後からついていく日下部は彼女が二段飛びに階段をかけ下りるのを見守った。お一人で大丈夫ですかという言葉が口から出かかったが途中で止まった。

二人は仲良く並んで坂道を下り左右に分かれた。

空が夕日に染まりはじめていた。暑い夏の日の熱い夕暮が迫っていた。空が焼けているように見える。そしてこれは夢でも幻影でもないまごうことのない現実だった。

彼はふと足元に目を落とした。旺盛な繁殖の結果いずれここにも、あのテントウムシが蔓延《はびこ》るようになるだろうとステノはいった。それでもう彼らは近くまで来ているかもしれない、そう思って確かめてみたくなったのだ。

変哲のない舗装された白い無機質の上に蠢《うごめ》く赤黒い塊があった。正体が何百、何千万ものアリの集団だと気がつくのに数秒かかった。

アリたちは無心に餌《えさ》を漁《あさ》っていた。餌の方はことさら赤かった。そしてそれが何であるか実感するのにさらに数秒かかった。

アリの群れにまぎれてテントウムシの集団がいた。その数は鶏小屋で見たのよりもやや少ない程度だった。

はじめ日下部は死にかけているか、死んでいるテントウムシの一団にアリが群がっているのだと誤解した。

だがちがった。動きのにぶくなっているテントウムシたちは、集団で排泄《はいせつ》している最中だったのだ。彼らの背中の輝きは多少失われて見え、変わって排出される糞《ふん》の色が深紅《しんく》に輝いていた。

アリたちはその輝きにひきつけられてでもいるかのように、必死になって咀嚼《そしゃく》し続けている。夕日に照らし出されているせいもあるだろう。彼らの姿はべったりと血糊《ちのり》をまといつかせた凶悪な小動物を想《おも》わせた。

やがてアリたちはその場を動きはじめた。地上とは反対の川のある方角へ向かって。まるで水を求めてでもいるかのように。

日下部は再び、一人で洞窟へ行った倉橋ステノを案じる気持ちになっていた。

この村で何かが起こっている。それはたしかだった。

彼は諒子に頼んで車を使わしてもらい、後で彫留洞窟へ足を向けるつもりになっていた。

十三

日下部が富永医院に着く頃《ころ》にはあたりはすでに夕闇《ゆうやみ》に覆われていた。医院の玄関には煌々《こうこう》と灯《あかり》が点《とも》っている。この灯には長い歴史があり、多くの病める村人たちの魂を癒《いや》してきたことだろうと思いつつ、今はある種の危機の象徴のように感じられた。オレンジ色に輝く電球の光が不気味なまでに明るい。降りかかってきている凶事そのもののように見えた。

例によって受付に人の気配はなかった。ここでは富永夫人が受付係と看護婦代理の仕事を同時に請け負っているのである。諒子にしてみれば正規の看護婦を雇用したいところなのだろうが、そうは簡単に運ばないのが現実のようだ。

夫の死の現場に現われた夫人は誇り高く、また狷介《けんかい》そのものだった。富永恵一郎とともに歩んできた医療の実践に絶対の自信を抱きそして固執していた。

日下部は受付に置かれている陶器製のベルを振った。ほどなく、

「あ、今終わるところだから」

受付の窓口に諒子が顔を出した。諒子の手には製剤の束が握られている。それから診療室の扉が開き制服姿の少女が一人出てきた。ポニーテールに髪をまとめているせいで背がいっそう高く見える。

日下部の姿を見ると初対面であるにもかかわらず、誘うような不可解な微笑を浮かべた。なぜか彼は魅入《みい》られたような感覚に陥った。操られたように相手の目から自分の目を離すことができない。彼はめまいに似た動揺を感じた。

少女が一歩日下部に向かって歩みだしたとたん、

「さあ、これ」

諒子が診療室から出てきて薬の袋を少女に渡した。

「どうも。お金今日持ってきてないの。明日でいい?」

諒子はうなずき少女は玄関から帰って行った。途中ちらりと日下部の方を振り返り意味深にまた微笑した。日下部は一瞬、ぞっと背筋が凍りつきかけた。自分が性的に興奮しかけていることに気がついたからである。

「あの制服は見たことがあるな」

少女の立ち去った後にもまだその体臭は強く濃く残っている。

「そのはずよ。翔子と同じ高校のものだから」

「あの子が心配事の張本人?」

「といってい えないこともないわね。あの子は翔子の先輩の上級生なんだけど、女番長で他校の不良仲間とも交流がある。つまり札付きよ。何をやらかしてもおかしくないけど、今日の午後スーパーで万引きしたの。それもたいしてめずらしくないことなんだろうけど、盗んだものが食品でその場で箱や包みを開けて食べていたというのね。すぐに店の人が通報して警察がかけつけた。その時つかまった本人が過食の衝動を訴えたのよ。どうにも耐えられなかったとね。きっとその様子も異様だったんでしょうね。治療の目的で巡査がここへ連れてきたというわけ。やれやれよ」

「あなたが疑っているのは似非《えせ》過食症?」

「その通り。まだ高校生だし病気となれば処分が緩やかになるもの。だから与えた薬は胃腸薬。ほんものの過食症にはプラシーボ、疑似薬程度の効果しかありません」

「翔子ちゃんの症状に似ているとは?」

日下部は少女の持っていた尋常ならざる雰囲気や臭気が気になっていた。

「似ていないこともないけど、それをいい出していったら女の子はみんな似てしまうわよ。最新のファッションで身を包みたい彼女らにとって痩《や》せ願望は恒常的。痩せたい、食べたいのディレンマ。結果みんな多かれ少なかれ摂食問題を抱えている。心身ともに成熟が遅れているともいえる。ところがその逆もあるの。今はこれの方が問題」

そこではじめて諒子は白川家の長女、五歳のとも子の病状について触れた。

「二階の一部屋を病室にして預かっているんですよ。でもね」

急に諒子は声を低め、富永夫人の処置には問題があるのではないかといいはじめた。夫人は動かすのは危険だといい切って輸血を続けているが、小康状態に落ち着いたら設備のある病院へ移すべきではないだろうか――。

「検死の時でもわかったでしょう。とにかく頑固なの。小さい子供は容体が急変するとそのままいけなくなるケースが多いから、よほど気をつけてやらなければ危ないといい張るのよ。今のところ下腹部の出血だけだけれど、他に病気が隠れている可能性もあるのに。症状からだと最も疑われるのは子宮外妊娠」

「待ってくれ。五歳の子供だよ」

すると諒子はため息を一つついて、白川とも子の母親から聞いた話を繰り返した。

「兄の方はすでに大人の機能がある。たまたま五歳の少女が異常に早熟でその手の行為が続いたと考えれば、そう不自然じゃないわ」

「とにかくこのままはまずいと思う。明日の朝まで待って夫人を説得しよう。もしものことがあった場合、医院全体の責任が問われかねない。指示決断をしていた奥さんに資格がないのは命取りになる」

そういって日下部は諒子の相談事に結論を出した。

それから二人は二階の病室へ眠っているとも子を見に行った。そばには輸血の点滴を見張る役目もあって夫人が付き添っている。輸血が功を奏し、いたいけな病人の顔色は悪くなかったが下腹部からの出血はまだ続いていると、夫人は病状を説明した。それから、

「遅くまでご苦労様。ここはもうわたし一人で大丈夫ですから、どうかお帰りになってお休みください」

と諒子に向かってきっぱりといい、皺《しわ》だらけの骨ばった手でとも子の小さな額を撫《な》でた。

「いろいろあってお互い疲れてますから、今夜は交替でと考えておりましたのに」

諒子は苦笑した。

「心配ご無用。わたしは慣れていますからね。患者さんに徹夜してへばるほどやわじゃありません」

といって引き結んだ唇をへの字に曲げた。

「それではお願いします」

この剣幕に諒子も負けたようだった。

「帰りましょうか」

日下部にいった。ちょうどいい機会だと思った日下部は、階段を下りながらこれから彫留洞窟《どうくつ》に行ってくれないかと頼んだ。

「倉橋ステノさんが心配？　わかるけどまず大丈夫だと思いますよ。彫留洞窟で仕事をしていたこともあるくらいだから。でも念のため電話してみましょう。たぶんもう帰ってい

ると思うわ」

と諒子はいったが倉橋ステノの家の電話は、いくら鳴らしても人が出てくる気配はなかった。

「おかしいわね。ステノさんはお年だし夜あのあたりをぶらぶらしているなんてこと、考えられないわ。山に近いから熊に出くわさないとも限らない。やっぱり行ってみましょうか」

日下部の危惧《きぐ》を笑い飛ばしかけた諒子も不安そうな顔になっていた。

二人はジープに乗って彫留洞窟へと急いだ。国道からいくつかの農道を通り、また国道に出て脇道《わきみち》に入り砂利道を進む。

途中諒子は翔子の話を蒸し返した。さっきとも子の病状を説明した時に、兄の俊とともに翔子の常軌を逸した行動にも触れることは触れた。裸《はだか》で出歩くという大胆な発情表明。その時日下部はすぐに、どうして翔子はそんな行動をとったのかと追究したかった。黙っていたのは姉の諒子の胸中を察してのことである。

「白川さんの奥さんは覚醒剤《かくせいざい》とか、スピードとかの麻薬をやってるんじゃないかとおっしゃったわ」

いいながら諒子は唇を噛《か》んだ。日下部はふとさっきの背の高い少女の顔を思い出していた。旺盛《おうせい》だが虚《うつ》ろな性欲。翔子があの少女の仲間になっていたとは考えられないだろうか？

ただし減退するはずの食欲が昂進《こうしん》することまでは説明がつかないけれども。新手《あらて》の麻薬にはそんなものがあっても不思議はない。しかしめずらしい代物があったとして、彼女たちはどこでどうやってそれを入手できたというのだろう？

入手ルートのことを考えると現実離れしていた。いささか空想的すぎる。日下部はそこで思いきって頭を振った。

砂利ばかりのでこぼこ道に入った車は、漆黒《しっこく》の闇《やみ》の中を点いているライトだけを頼りに走っていた。

「誘蛾灯《ゆうがとう》というのはもうあまりないんですね」

道や田畑に灯《あかり》と水桶《みずおけ》を設置し光に集まってくる虫たちを駆除する。日下部が子供の頃《ころ》には、道内どこの田園地帯にもその手の風物があふれていたはずだった。人気のない鬱蒼《うっそう》とした場所ほどそれが見られた。

「農薬にとって代わられたんですよ。いつのまにか田舎《いなか》も車のためのライトばかりになってしまったわね」

答えた諒子がほっと息をつくのがわかった。意識的に話題を変えたつもりはなかったが、今の諒子にとって、翔子の身の上に起こったことを想像し続けるのは、辛《つら》すぎることなのだと日下部は思った。

その諒子がさらに話題を変えた。

「この道の行き止まりが彫留洞窟。あそこは百畳敷《ひやくじようじき》洞窟ともいわれています。アイヌの遺蹟《いせき》であることは、すでに倉橋ステノさんから聞いていると思うけれど、他に大理石の原石に似た美しい岩や、春先には鍾乳洞《しようにゆうどう》を想《おも》わせる神秘的なつららが見られる。芸術家のステノさんが魅《み》せられたのもわかるわ」

二人は洞窟へ通じる小道の前で車から下りた。日下部は諒子から懐中電灯を渡される。

「多少は道らしくなっているけど、もともとはマニアの釣り客がつけたといわれる踏み分け道よ。気をつけて」

電灯で前方を照らしつつ草の匂《にお》いを感じながら進んでいく。

行き着いた洞窟の間口はそう広いものではなかった。

「奥行があるのよ。百畳どころか二百畳はある」

そういって諒子は洞窟の中へ入っていった。日下部も後に続く。

「倉橋さん、ステノさん」

二十メートルほどは歩いただろうか、諒子は大声でステノを呼んだ。諒子の声が周囲の岩に反響して幾重にも重なり、洞窟全体にこだまのように響き渡った。

さらに二人は進み続けた。今は夏なのでさすがに鍾乳洞を想わせるつららは見受けられない。歩いている岩の地面は、あっけないくらい平板でがらんとした印象である。

「倉橋さん、倉橋さん」

日下部も諒子に習いはじめた。

「祭壇があるのはこの奥」

諒子が説明してくれた。彼女の手にしている電灯が、通路に張り出している岩を照らし出した。洞窟に入ってからはじめて出くわした障害物で、岩戸のように見える大きな岩である。そのため一メートル先が見渡せない。

二人は交互に七十センチほどの隙間《すきま》に身体《からだ》を滑り込ませた。悲鳴をあげたのは先にそれを見た諒子だった。

「ステノさん」

倉橋ステノが祭壇と思われる平たい岩の前にうつぶせに倒れていた。血の匂いがたちこめている。かけ寄った諒子はすぐに脈を確認して首を振った。

「亡くなっている」

日下部は懐中電灯で輪を描くようにステノの全身を照らし出していった。それで出血部分が後頭部だとわかった。それから——。

「ずいぶん黒い血ね」

諒子がやっと気がついた。

無数のアリがステノの流した血にとりついていた。そしてたぶん地面に接している彼女の全身の皮膚は、すでにアリの侵略を受けているにちがいなかった。アリたちはステノの人型を描きながら腐食活動を続けているのだ。

諒子はその様子から目をそむけるようにして、

「ステノさんはここで脳卒中を起こしたんじゃないかしら。美食家のステノさんの血管は動脈硬化症だったから」

といった。そして、

「あるいは何かに躓《つまず》くか、足元が滑べるかして転倒。岩に頭を打ちつけたということも考えられる」

と続けた。

「アリに襲われたということは？」

日下部は祭壇の岩に電灯の輪を転じてみた。黒い岩の表面がどろりと動いた。一瞬岩全体が変形したかのような錯覚に陥った。

「アリよ」

諒子が悲鳴をあげた。日下部はさらに電灯を周囲の壁面へと移動させてみた。

アリだった。黒く見える周囲の岩にはすべてアリがひしめきあっているのだ。集合体の彼らはまるで意志でも持っているかのように蠢《うごめ》いた。すると壁が波立ち天井がゆらゆらと揺れはじめた。二人は吐き気を催させる不可思議な不快感に襲われた。

こらえきれなくなったのか、諒子がうっとうめいてうずくまった。待っていたかのようにアリの大群が彼女めがけて押し寄せた。電灯を持っている右手が標的にされる。あっという間に懐中電灯は蠢く黒い棒と化した。勢いづいたアリたちは、棒の形のまま諒子の手首へと這《は》いのぼってくる。

「懐中電灯を捨てて」

日下部は叫び諒子の左手をとって助け起こした。先に彼女を押しやって二人とも狭い空間をどうにかすり抜ける。

だがもと来た通路にはすでにアリたちが大挙していた。洞窟の壁はすべてアリの巣と化しているのだ。

諒子がまた悲鳴をあげた。天井から黒い塊が降ってきたからだ。諒子は上半身をよじってアリの攻撃を避けた。すると今度は地上にいたアリたちが両足をねらってくる。彼女のスニーカーが黒く染まった。

日下部は諒子を抱き上げながらスニーカーを脱がせた。それから自分が手にしていた懐中電灯を投げ捨てる。入口へ向けてそのまま走り続ける。闇は深く重い。その空間を斬《き》るように走った。視覚はまったく役に立たない。頼りは入口付近に茂っていた草の匂いだった。そこへ向けてひたすら走る。彼はこのときほど、自分の持ち合わせている並はずれた嗅覚《きゅうかく》を、ありがたく感じたことはなかった。

外に出ると今度はジープのガソリンの匂いを探した。これはたやすかった。日下部は失神している諒子を後部座席に乗せると運転席に座り、ポケットの携帯電話を探した。だが見つからず洞窟に落としてきたことがわかった。そこで彼は警察への連絡は富永医院に着いてからということにした。

彼はギアを入れて車を発車させ、ライトをつけようとして思い止まった。さっき電灯の光に吸い寄せられるように出現し、襲ってきたアリたちの姿が頭に浮かんだからだ。

それにそう不自由はなかった。富永医院の庭にあったラベンダー。その匂いが標識代わりに彼の嗅覚に訴えていた。かすかだが呼び寄せるように囁《ささや》いてくる。こんな時になると嗅覚が普通の時よりもさらに冴《さ》えるようだ。その事実を彼ははじめて認識していた。

東京の水野薫は札幌郊外で発見された、不思議な木箱についての報告書を読んでいた。中に入っていたのは白骨死体で司法解剖の結果、若い女性のものだと判明していた。司法解剖でわかったのはこれだけではなかった。

女性の名は木村令子《きむられいこ》。二十五歳。大手都市銀行のOLで結婚を控えていた。一人北海道へ行ったのは結婚前のセンチメンタルジャーニーというやつ、つまり情緒的なもののようだった。これについては事前に打ち明けられた何人もの同僚が証言していた。

問題は白骨化の原因にあった。死体は木箱に入れられて放置されていたものと思われるが、その木箱から腐食動物の死骸《しがい》がかなりの量出てきた。生物の腐敗現象にハエなどの腐食動物の存在はつきものである。

だが木箱は四隅に蠟《ろう》が用いられきっちり密閉されていた。犯人は死体の遺棄を故意に腐食動物に任せた可能性が出てきたのである。つまり犯人は虫マニアであるかもしれない。

水野はすぐにこの事件と、北海道でたて続いている若い女性の失踪《しっそう》事件が結びつくと考えた。

捜査一課長の一人娘、佐竹まゆ子と日下部の教え子、下田瑞希がともに北海道で姿を消していた。水野は彼女たちについてすでに調査を終えていた。

水野が興味を抱いたのはなぜ、彼女たちが北海道へ行ったかという理由だった。下田瑞希のことは日下部の上司、飯塚聡子から話を聞いた。実家のある北海道へ行きながら連絡もせず、空港から姿を消したのはなぜか？

その理由を水野は飯塚教授がちらりともらした一言に見いだした。ジュエリーデザイナー志望でアールヌーボーが好み。そこで水野は図書館へおもむきアールヌーボーなるものを学習した。

それは女優のサラ・ベルナールなどが生きた西欧の世紀末を代表する、工芸上の芸術思潮であった。ジュエリーの類《たぐ》いではとんぼなど昆虫のデザインが圧倒的に多い。また飯塚聡子は下田瑞希がとんぼの話をしていたことも覚えていた。

「ジュエリーの話をしていて突然いい出したの」

若い女性の話の展開はえてして情緒的なものだが、支離滅裂であることは少ない。するとと下田瑞希はデザインの参考にするため、めずらしい昆虫に出会うために帰省したのではないだろうか？　そう水野が考えたのは自分の体験にもとづくものだった。学生の頃《ころ》、釧路《くしろ》湿原にほのかなロマンを感じて訪れた。その際、北海道固有の昆虫ばかり集めた博物館に立ち寄ったことがあったからである。

もっともこれはあくまで水野の想像にすぎない。はっきりトラフシジミに惹《ひ》かれて北海道へ行ったとわかったのは、佐竹まゆ子の方だった。

佐竹まゆ子については彼女の部屋を捜査していてわかったことだった。壁に貼《は》られた蝶《ちょう》の写真の絵はがき。それには岐阜市にあるファーブル昆虫館の住所と電話番号が印刷されていて、赤いアンダーラインが引かれていた。

水野はそこへ連絡してみた。電話に出た館長は佐竹まゆ子を覚えていた。名前は名乗らなかったので知らないと答えたが、電話をかけてきて、ギフチョウに似た蝶を見に行きたいといった少女の存在は忘れていなかった。

木箱の腐食動物たち、佐竹まゆ子とトラフシジミ、アールヌーボーのデザインととんぼ。彼女たちの失踪は虫と関係しているのではないか。水野はそう直感した。

彼女は大急ぎで北海道に発《た》とうと決めた。木箱の白骨死体との関連を佐竹に告げるのは気が重いが仕方がない。

日下部と連絡をとらなければならない。彼に頼まれた件の結果も出ていたからだ。彼が送ってきたタール状の液体からは、ある種の蝶特有の酵素が分析されていた。ただそのある種とは熱帯に分布するものに限定され、北海道に棲息《せいそく》しているとは考えられないとのことだった。飼育しているとしたら何らかの許可が必要なはずだと。

虫は日下部が巻き込まれかけている事件とも関係しているかもしれない。

水野は自分の携帯を取り出し操作する。明日始発の便でそっちへ行くからと告げようとした。だが無駄だった。繰り返されるのは音信不通の表示ばかりであった。

十四

日下部は国道に出て縁寒川沿いに牧草地帯を走りはじめている。不意に重く甘い香りが車内にたちこめた。息苦しさに喘《あえ》ぎかける。匂《にお》いは外からどっと流れこんできたものだった。乾草の匂いに似ていないこともなかったが、もっと官能的で五感がくすぐられる。もちろんクローバーではない。するとこの地方特有の植物の開花の時季なのだろうか？

彼は気がついてジープを止め窓を閉めて、ライトを点《つ》けた。

左右の牧草地に人が集っていた。寄りそっているカップルのシルエットが何組か見える。その中の一組がこちらへ近づいてきた。長身のポニーテール。夕方富永医院であったあの少女だった。彼女は腕を組んでいた小柄な少年を脇《わき》へと押しやった。そして日下部がいるジープの運転席の前に立つ。その時少年の顔が見えた。虚《うつ》ろな表情。

おさまっていた匂いがまた感じられるようになった。ポニーテールは前と同じ誘うような微笑を投げかけてくる。そのたびに匂いはますます強くなっていく。

日下部は脳髄《のうずい》が痺《しび》れかかるのを感じた。なぜか利き手がドアのハンドルへと伸びかける。ここにこのままいてはならない。彼は意識的に力をこめて車のアクセルを踏んだ。

ライトは点けたままになっている。カップルたちが次々にこちらを振り返った。ほとんどの顔が能面のような無表情であることに気がつく。

中に翔子がいた。彼女だけは一人でしかも全裸《ぜんら》だった。生まれたままのその姿を数限りない虫たちが被《おお》っていた。彼らは静かに憩うように羽を休めている。つまりその様子は虫に襲われているのではなく、裸体を着衣か毛布で保護されているように見えた。

翔子がこちらを見た。プルシャンブルーの瞳《ひとみ》に小波が立って、いくつもの金の砂粒が同時に発光した。奇妙に金属的で人間離れしていた。まるで昆虫の複眼が光を帯びたように――。

日下部はそのまま車を進めた。翔子に声をかけなかったのは、そこにいたのが彼女ではない別の存在に思えたからだった。彼の本能がめったにない危機の警鐘を鳴らしていた。

医院に着くと諒子は二階の客間に運ばれ、ベッドの上でほどなく意識を取り戻した。例によって富永夫人はかいがいしく看護に当たった。

「いったい何が起こったんです？」

彼女はてきぱきと聞いてきた。日下部が洞窟《どうくつ》で起きた悲劇について説明すると、したり顔で、

「アリの異常発生ですって？　どうせまた速見卓、あの男のせいだわ。今年が暑いせいばかりじゃない。あいつがここへテントウムシを持ちこんできてからというもの、アリが増えて蚊やとんぼが減ったり、とにかく虫たちの様子がおかしくなってるのよ」

といいたて、隣りの部屋の少女の具合を見にいくといい置いて、そそくさと席を外した。

「あれじゃとても亡くなったステノさんは、アリに襲われた可能性があるなんていえないな」

日下部は自分の方を向いている諒子にいった。夫人の過剰反応を案じてアリが諒子を襲ったことも告げていなかった。

「あなたね、わたしを抱いてあの洞窟の暗闇《くらやみ》を走ってくれたのは。とにかくありがとう」

諒子の目はやや潤みを帯びじっと日下部を見つめている。さらに続けた。

「あなたには助けられてばかり。感謝しているわ。妹のことで登別に同行していただいた

り、こんな辺鄙《へんぴ》なところに寄宿していただいたり――」

「それより気分は悪くない？」

日下部はやや赤みの強い諒子の顔を注視した。

「ええ。大丈夫」

彼女は微笑《ほほえ》んだ。

「心配なのはアリに刺されていないかなんだが」

「大丈夫」

「それでは今から警察へ連絡してもらえないか。ぼくからでもいいが君の方が顔なじみだからいいと思う」

日下部は提案した。

「連絡って、何を？」

諒子は無邪気な顔で首をかしげた。

「倉橋ステノさんのことだよ。今すぐ警察に現場へ向かってもらう必要がある。それからあそこを占拠していたアリたちのこと。襲われたことも含めてね」

「覚えていないわ」

諒子はぽかんとした表情のままいった。

「だからさっきあなたが話していた時もよく呑《の》み込めなかった。洞窟であなたに抱き上げられていた記憶はあるの。力強くて暖かかったわ。だけどそれ以外は何が起こったかまるでわからない」

「そんなはずは」

いいかけて日下部ははっと気がついた。翔子の時と同じだ。彼女もまた、速見のとった卑劣な行動を自分の言葉で再現することができなかった。

病室を出た日下部は診療室へおりて電話に向かった。用件を告げると当直の巡査からは、

「わかりました。早速《さっそく》署長に連絡を取り指示を仰ぎます」

と直立不動が言葉になったような返答が返ってきた。

それから一時間ほどして荒木芳明と警察の車が日下部を迎えにきた。日下部は諒子がアリの大群に襲われた事実を告げ、そのため彼女は同行できそうにないといった。荒木は黙ってうなずいた。

警察と日下部は現場に向かった。途中荒木は、

「あそこでは時折事件が起きるんですよ。たいていはマニアの釣り客からのSOS。凍死しかけることが多い。あともっと前は金鉱に魅《み》せられた山師たちの餓死死体。というわけであそこを捜索する道具はそろっています」

といった。

洞窟に到着すると十人ばかりの巡査たちが旧式のカンテラを各々頭上に装着し、小型の

サーチライトを手に握った。中を彼らが進みはじめると内部が岩の切れ目までもが、煌々《こうこう》と照らしだされる。

「アリはまだいないようですな」

荒木がいった。一行はステノの死体がある岩戸の手前まで来ている。

「はじめに襲われたのはあの奥ですよ」

日下部はいい自ら率先して岩の向こうへと身体《からだ》を移動した。

倉橋ステノの死体は祭壇に頭を預ける形で横たわっていた。だがアリの姿はなかった。黒いしみ状に蠢《うごめ》く存在はどこにも見当らず、ほのかな乳色の祭壇は錬磨された花崗岩《かこうがん》であることがわかった。一匹たりともアリの姿はなかった。

「洞窟の中はすべりやすいんです。倉橋先生はきっと事故に遭われたんでしょう」

荒木が断言するようにいった。そして、

「とにかく監察医の喜多川先生に検死をお願いしませんとね。お具合が悪いようですから、遺体は医院の方へ運ばせていただきましょうか」

といって指示をはじめた。

「足をすべらせて岩に頭をぶつけたのか、卒中の発作で倒れたはずみなのか、どちらにせよ、今回は司法解剖が必要ですね」

日下部は前のてつを踏まないよう釘《くぎ》を刺したつもりだった。

「さてね」

ところが荒木は曖昧《あいまい》な表情になった。

「それも喜多川先生のご判断でしょうな。村民感情でものをいわせていただけば、足がすべったのも卒中の発作も同じこと、殺人というわけではないんだから、なるべくことは荒立ててほしくない。静かに弔《とむら》ってやりたい。まあ、こういうことなんですよ」

アリによる襲撃の話など聞かなかったかのようにいった。

日下部は沈黙した。さすがにもうなるほどなどという、適当な相づちは打てなかったからだ。

深夜十一時。ステノの遺体が富永医院へと運ばれた。

「今日はひとまずこれで。明日一番で連絡すると先生に伝えておいてください」

荒木はそう言い残して部下とともに帰っていった。

日下部はこのいきさつを伝えるために階段を上りかけ、諍《いさか》いあう諒子と夫人の声を聞いた。

「あなたは医師の免許だけじゃない、看護婦の資格だってないんですよ」

「ええ、その通りよ。でもここではずっとそれでまちがいがなかった。役立ってきたのよ。国家試験に受かっただけのひよっ子にとやかくいわれたくないものね」

日下部が階段の踊り場に立つのと、諒子のいる部屋の扉が開いて夫人が飛び出してくるのとは、ほとんど同時だった。

「呆《あき》れたものだわ」

夫人は満身の怒りを目にあらわしている。

「主人が亡くなって何日もたたないというのにこの有様。この村で医者は自分一人というわけね。先が思いやられる」

「何があったんです？」

日下部は聞いた。

「あたしはあの人の身体のことを心配しただけですよ。アリに刺されているかもしれないから見てあげるとね。アリ刺されの処置なら昔から慣れている。ほんとうにそれだけ。そうしたらあの剣幕」

夫人は投げやりともいえる口調になっていた。

部屋に入ると諒子が涙を見せていた。

「もうあの専横ぶりには耐えられないわ。少し休みたい。あの人のいるここでは眠れそうにないから家に帰る。お願いできるわね」

そこで日下部は洞窟から回収してきたステノの遺体がここにあることを告げた。すると、

「わたしはここの監察医。今すぐ検死しなきゃいけないってことはよくわかってる」

悲鳴に似た声をあげた。それから、

「でも今日は勘弁してほしいの。明日一番じゃいけない?」

といった。

日下部は警察側も仕事は明日の朝以降だといっていたことを思い出し、うなずいて部屋を出ようとした。

「どこへ?」

聞かれた日下部が、

「隣りの部屋だよ。君も出血している患者さんが心配だろう? とにかく小さい子供だから。君の代わりに見てこようと思って。できれば彼女の処置も明日の朝がいいんじゃないかな。なるべく早く設備のあるところへ移した方がいい」

と答えると、

「ああ、そうだったわ。それ重要なことだわね。見てきてちょうだい。いろいろあってまだ混乱しているのね、わたし。何だが時折頭がぼーっとするのよ」

と諒子はいった。

「お家《うち》に帰りたい」

輸血の点滴でとも子の出血はおさまりかけていた。

「お腹《なか》はもう痛くない?」

日下部が聞くと赤い顔の幼女は首を振った。

「熱が出はじめているんですよ。三十九度を超えたら熱を下げる座薬を処置します。もっともここの先生にお許し願えるのであればね」

と皮肉な口調で夫人はいい、さらに、

「子宮外妊娠の恐れはもうないと思うけど、出血と熱の原因が心配。わたしだって精密検査が必要なことくらいわかっていますよ。ただわたしにはわたしのやり方がある。朝一番で隣町から救急車を手配してもらいましょう」

断言した。

「お願いします」

日下部は頭を下げ、諒子の具合が思わしくないこと、ここに泊まらず落ち着く自分の家に帰りたがっていることを告げた。

「つまり精神的に不安定だというわけね。やれやれ」

夫人はいったがもう皮肉はこもっていなかった。むしろいたわりの響きがあった。

諒子をジープに乗せ日下部が運転して喜多川家に着いたのは真夜中だった。すでに翔子は帰宅していて窓から見える部屋の中には、ナイトテーブルにスタンドの灯が点《つ》いていた。だが遅い姉たちの帰宅を案じて出てくる様子はなかった。

「とっくに寝ているんでしょう」

諒子は首をかしげ自分の部屋へ行く前に妹に会っておきたいといった。

日下部は彫留洞窟《どうくつ》からの帰り道の悪夢のような光景を反芻《はんすう》していた。だがもとよりその出来事を、とりわけその時の翔子の姿を諒子に伝えるつもりはなかった。肉親である以上信じるはずがないからだ。

「ここで待っていてください」

諒子は日下部を廊下に待たせて翔子の部屋へと入って行き、五分ほどして出てくると、

「よく眠っていたわ。安心した」

と満ち足りた顔でいった。

それから日下部は諒子を部屋の前まで送り届け、自分は台所の方へ引き返しかけた。

「行ってしまうの？」

諒子は心細そうな表情で怯《おび》えたようにいった。

「君は寝て休んでいなさい。お腹空《す》いた。夕飯、お互いまだのはずだから何かつくる。消化のいいものがいいね」

日下部が諭すと、

「あなたと話がしたいの。わたしの話を聞いてほしいのよ」

諒子はすがるような目つきになった。

「わかった。食事の仕込みをしたら君の部屋へ行く。だから今は早く休んで」

そういって日下部は諒子を説得したあと、台所に入った。

アイヌ語でサヨといわれる粥《かゆ》を炊《た》くつもりであった。粥、汁主体のアイヌの主食は雑穀に山菜や野菜、魚介類、獣肉類を加えるだけの簡素なものである。

日下部は冷蔵庫を漁《あさ》り塩鮭《しおざけ》の焼いた残りを見つけると、その身をほぐして粥に炊き込むことにした。アイヌ料理の粥の特徴は味をつけて炊き込むことであった。

米とほぐした塩鮭、だし用の昆布を前に日下部はふと迷う。ほんとうはこれににんじん、大根、ごぼう、ねぎなどの野菜類を入れるとなお美味《おい》しい。まさにおふくろの味だった。だが諦《あきら》めた。多くの日本人は白粥かそれに近いシンプルな粥が好きなものだからだ。諒子とて例外ではないだろう。

幸い喜多川家の電気釜《でんきがま》は粥も炊ける性能のものだった。塩鮭のサヨをセットし終わると彼は諒子の部屋へと向かった。

「待っていたのよ」

ベッドに横たわっていたパジャマ姿の諒子は飛びつくような勢いでいった。

「少しは元気を取り戻したようだね」

日下部はさらに上気して見える相手の薔薇色《ばらいろ》の頰《ほお》を見つめた。

「洞窟であなたが教えてくれたようなことがあって、きっとショックだったのね。精神的に脆《もろ》くなっているのが自分でもよくわかるの。富永先生の奥様にも心ないことをいったものだと反省している」

あなたが教えてくれたようなこと？　やはり彼女は洞窟で起きたことを覚えていないのだと日下部は確信した。

「富永夫人は熱心な人であるだけではなく、冷静な人だと思う。頼りがいもある」

日下部は思っていることをそのまま口にした。達三や夫君の死を、周囲に働きかけてあのように処置させたのは専横すぎるが、個々の患者についての判断は経験主義が光っている。

「それでどうしてこんな具合に自分がなったか、考えてみたのよ。そうしたらわかったの、これは単なるきっかけだったんだってこと」

富永医院の病室でそうだったように再び、諒子の瞳《ひとみ》が潤みはじめた。

「きっかけ？」

もとより日下部は情緒的な意味不明な言葉の解釈が苦手だった。

「耐えていたということです。先生、わたしが年不相応にしっかりしてるなんて思われませんでした？　または強い女だと？」

「それは少し思ったな」

日下部はうなずき、

「若い人の成長が遅いピーターパンシンドロームの現代にあっては快挙。もっと大げさにいうと奇跡。とにかく素晴らしく個性的な生き方だと思った」

と続けた。ところが、

「残酷な形容だわ」

諒子は吐き出すようにいった。気のせいか両目が吊《つ》り上がって見える。

「わたし、小さい時からみんなにいわれて育ったんです。お父さん、お母さんいないのに諒ちゃんはいい子だねって。翔子もそうだったっていうでしょうけど、あんなもんじゃなかった。この村はじまって以来の優等生。家の手伝いもよくしました。祖父母は自分たちは年だからそう長くは生きられないっていうのが口癖で、それ無言のうちにしっかりしろっていってるのと同じでしょ。祖父母は可愛《かわい》がってはくれました。でも甘えられなかった。こんなことほんとうはしてもらえる筋じゃない、みんなの家じゃ、まだ若いお父さん、お母さんが働いてる。お祖父《じい》さん、お祖母《ばあ》さんはもっとのんきにやっている。二人とも年なのに家だけあくせく働いてるのは、自分がいるからだってずっと責任感じていたんです。もちろん感謝もしてましたけどね。感謝の裏で耐え続けていたんです」

「医者になってここに帰ってきたのも優等生、忍耐の延長だと？」

「だと思います。実をいうとわたし医学部に入ってからずっと、自分が医者に向いてないんじゃないかって悩んできました。勉強は嫌いじゃないけど、患者さんと向かい合うのがとても疲れるの。それで恋愛に逃げかけたこともありました。相手は先輩のドクターで、奥さんには専業主婦を望むような人でしたから、このままこの人の奥さんになればほっとできるかななんてね。もっとも後にも先にもこれがただ一回の経験。恋愛を避けて生きてきたような気がします。相手に告白されてもつい祖父母の顔が浮かんでしまう。わたしにはまだ耐え続ける義務があると思ってしまうんです」

　そこで諒子はあふれてきた涙を手の甲で拭《ぬぐ》った。

「つまりあなたは大いなるストレス人生を送ってこられたというわけですね。想像を絶する苦労だったとは思う」

　日下部は微笑《ほほえ》みながらうなずき、

「ただしかわいそうだとは思いません。人間の人生や選択には、常に苦渋やストレスがつきものではあるんです。まあ生きるリスクみたいなものですよ。そしてわたしが何より人間好きなのは、人間には耐える習性、精神力が備わっているからなんです」

　率直な意見を言葉にした。

　すると諒子はまだ涙に濡《ぬ》れた目で日下部を見つめたまま、

「先生は強い女性がお好きなんですね」

　ぼつんとそういった。

十五

日下部は喜多川家のリビングのソファーに座っていた。そこからは大理石を模した花台が見える。諒子は華道のたしなみがあるのだろう。花器が置かれ水が張られてマリーゴールドとグラジオラス、白ユリの花が活けられていた。強く香っている。

日下部はとりわけ芳香の強いユリを見つめていた。筒型の花の花芯《かしん》の奥からけし粒ほどの黒い塊が現われた。塊はゆらめくように動いて生きていることがわかる。

アリだった。アリたちは這《は》い出ると次々に他の花に這い進んでいく。見えている花がたどんのように黒く固まった。

そしてそれがみるみる大きく膨れあがっていく。部屋いっぱいになり音もなく弾《はじ》けた。

翔子が立っていた。笑っている。金色の目を輝かせている。だらりと下げた両手を前にかざして見せた。

日下部は彼女の手に見入った。ネイルアートを施されたカラフルな長い爪《つめ》。爪の模様は白ユリ、グラジオラス、マリーゴールドの三種類。翔子はそれらを見せびらかすように軽く上下に手を振った。

異変が起きた。模様は消えて爪は真っ黒になりやがて溶けはじめる。変わって鋭い鉤爪《かぎづめ》が現われた。そこで翔子は満足そうににたりとまた笑った。どの鉤爪も手の甲の長さほどある。振り回すと黒さの中に銀色が光った。くの字に曲がっていて鎌のように見えた。

はじめて音が聞こえた。衣服の裂ける音で翔子は毛むくじゃらの真っ黒な全身を晒《さら》した。胸から下腹部にかけてにぎりこぶし大のふくらみが縦一列に並んでいる。それらはどうやら筋肉のようでゆっくりと呼吸していた。

彼女が誇らしげに顎《あご》を引いた。すると今度は背中が割れて大きな羽が現われた。それらは硬質で透明、まるで金属でできているかのように見える。あるいは鎧《よろい》のようにも。

翔子は金色の目でずっと日下部を凝視していた。人間のものとは思われない恐ろしく感情のないものだった。

不意に彼女は飛んだ。だがそう見えただけだった。宙に放り出されたのは二本の腕だったからだ。鉤爪がゆらゆらと弧《こ》を描きながらこちらへと飛んでくる。触手が日下部の首のあたりをねらっていた。

「助けてくれ」

日下部は悲鳴をあげその自分の声で目をさました。夢だったと気がつくまでに数秒かかった。

彼は窓の外を見た。床についたのが明け方だったからまだ二、三時間ほどしか眠っていない。もっともすでに窓の外は白く雲の色によく似た空の色が見えた。

日下部は起きだして部屋を出ると階段を下りた。台所の方角へ行きかけて車のエンジンの音を聞いた。

急いで玄関へとかけつけると扉にはもう鍵《かぎ》がかかっていなかった。開いて外へと出た。馬小屋、鶏小屋の前を通って駐車スペースへと歩いていく。ジープに乗り込むところの諒子と翔子の後ろ姿が見えた。

「待って」

日下部は声をかけたが二人は振り返らなかった。やがてジープは、エンジンの轟音《ごうおん》とともに日下部の前を通り過ぎ、門へと向かい消えた。

とり残された彼は母屋へと戻った。悪夢に苦しめられたせいだろう。喉《のど》が渇いていることに気がついた。台所へ直行した。

台所の隣りにある貯蔵庫の扉が開きっぱなしになっている。まず米櫃《こめびつ》のふたがあいているのを確認できた。保存されていたのは砂糖のようだった。その証拠に無数のアリがひしめいている。日下部は彫留洞窟でのことを思い出し気分が悪くなりかけた。

それからやはり口のあたりにアリがとりついている、一升入りのブドウ液の空瓶を十本近く目にした。

貯蔵庫を出た日下部は翔子の部屋へ向かった。空のベッドの上に開封されたスナック類が投げ出されている。ここにもアリたちはいた。

最後に諒子のところにも行った。枕元《まくらもと》のトレーの上に、手のついていない冷めて膨張した粥《かゆ》が残っている。その隣りには食べかけのチョコレートの包みがあった。アリの侵略はこれにはなかった。

諒子はこのチョコレートを食べたのだろうか？　異常な食欲を示すのは翔子の方ではなかったのか？　ここにアリがいないのはなぜか？　早朝二人が出かけていった目的は何なのか？　夜中に翔子の体調でも悪くなったのだろうか？

日下部は頭を振った。不明な点が多すぎる。それに富永医院の夫人に電話をして二人の行方を確認するにはまだ早すぎる。彼は二階の部屋に戻ってベッドに横になった。

眠れなかった。

さっき見たアリの化物《ばけもの》に変身する翔子の姿がちらつき続ける。金色の目について考えていた。あれだけはたしかに現実だった。洞窟《どうくつ》からの帰り道、牧草地帯で会った翔子がそうだったのだ。あの時の翔子は虫たちを衣服のようにまといつけていた。

だが化物には変わっていなかった。あの強烈な夢のせいで、逆に目撃した真実さえ不確かなもののように感じられてきていた。金色の目を見た瞬間から自分の錯覚、幻視がはじまっていたとしたら——。

彼はさらに眠れなくなっていた。

「すてきな音楽でしょう」

助手席の翔子が微笑んだ。

「そうね」

諒子は相づちを打ったがその実、それは耳障りな羽音によく似ていた。登別の川辺良一の離れで聞いたことがある。あるいは翔子が始終CDで鳴らし続けている、人気ポップス歌手のヒット作にも似ていた。

「生き生きとした気分に生まれかわるような気がしない？」

諒子はそれにはもう答えなかった。少しもそう感じていなかったからだ。

微熱があるようで身体がだるかった。むかむかしてすっぱいものがこみあげてきている。常に吐き気がしている。二日酔いのあとのような気分の悪さだった。またはまだ経験こそないが妊娠した女性特有の悪阻《つわり》という症状――。そうでなければ成人に多い不摂生からくる消化器の病気。諒子は自分の身体が突然重くたれさがった見知らぬ袋になったような気がしていた。

「翔子？」

ふと妹のことが案じられた。妹のことが気になって夜中に寝室を訪れたことを思い出す。

あの時翔子はたしか、

「姉さんね。来ると思ってたの」

常になく元気な様子ではね起きた。それから――。

それからが思い出せなかった。諒子は腕時計の文字盤を読んだ。三時三十七分。どうして自分がこんな時間に運転しているのかわからない。きっと翔子が知っているだろう。そこで隣りの席に顔を向けた。翔子の姿はすでになかった。

翔子をさっき降ろしたばかりだという記憶が戻った。翔子が降りた場所はいちめんの牧草地帯だったが、この時間どうしてあそこに高校生がたくさん集っていたのだろう？

諒子は腕を絡ませあってむつまじく身を寄せていた、何組ものカップルの姿を思い出していた。

突然ある少年の顔が浮かんだ。白川俊。彼もいた。咄嗟《とっさ》に白川俊の母親の言葉、医院で預かっているとも子の病状を思い出す。もしかしてあれは麻薬パーティーか何かなのでは？

諒子は鼻白みブレーキをかけようとした。今すぐさっきの場所に戻って真相を確かめなければならない。

ところが彼女の意に反してブレーキはきかなかった。正確にいうとブレーキは機能しているのだが、それを使用する意志が彼女になくなったのだ。

諒子は一瞬また記憶がなくなった。そして次の瞬間にはある事実が意識を独占していた。断固翔子を助けなければならない、それには――。

諒子のジープは富永医院の正門を迂回《うかい》して急患用の裏口につけられた。降り立った彼女は勝手口専用の鍵を取り出した。時間を確かめた。四時二分すぎ。心配なかった。さしもの富永夫人も完全な徹夜はできない。夜通し患者につき添う際、彼女が仮眠をとる時間帯だった。ほんの一時間か、二時間のものだろうが、それだけあれば充分だった。

諒子はまず診療室へと向かった。ぜひとも処理しておかなければならないものがあった。翔子の検査の結果が書かれた表。

検査表は昨日の夕方届いたばかりのものだった。富永恵一郎は亡くなる直前、検査結果を早急に送ってもらうよう諒子にいい置いていた。だが彼女は通夜葬儀の忙しさにまぎれて失念していた。それに翔子の様子は多少おかしかったがそれは精神的なもので、重篤《じゅうとく》な疾患に結びつくものとは見做《みな》しがたかったからだ。

諒子は書類袋の中から翔子の検査表を取り出した。予想していたような数字の羅列は見当らず、〝この血液は人間のものとは見做しがたく、採取または回収時に手違いがあったのではないかと思われます〟と書かれた一文を読んだ。

「よかった。とにかく麻薬中毒の可能性はないということだわ」

彼女はほっと息をついた。そして丁寧にその用紙を引き裂くと机のそばのゴミ箱に捨てた。

それが終わるとステノの死体がある処置室へと向かった。近づくにつれて異臭がひどくなる。ステノの死体に異変が起きていた。異常な速度で腐敗現象が進んでいた。しかも不可思議なことに紫色に腫《は》れあがるのではなく、腐敗網の色は黒かった。

白衣を身につけマスクをかけた。手術用の手袋をはめてメスを握った。検死解剖ははじめての経験だったが、胸部から切開することは知っていた。諒子はメスの切っ先を深く胸部から腹部へと抉《えぐ》るように入れた。

胸腔《きょうこう》から腹腔《ふっこう》にかけてステノの厚めの脂肪が切り開かれていく。諒子のメスは肺や胃、肝臓といったさまざまな臓器を突き刺していく。

そのたびにどろりとよどんだ血液と体液が流れて出た。そしてあろうことかそれは墨のように黒かった。だが諒子は顔色一つ変えず、ただ念頭にあるのは急ぐことだけだった。

そこで彼女は、

「四時二十分。あの人、五時にはきっと目をさますわ」

ため息を一つつき無数のアリたちの死骸《しがい》を見据《みす》えた。そして短時間に死体からこれらの痕跡《こんせき》を消すには、どうしたらいいかと必死に考えた。

日下部は喜多川家のベッドの上でしばらくまどろみ、気がつくと十時をすぎていた。早《さっ》速《そく》富永医院へ電話する。諒子が出た。

「先生？　まだお休みだったんで声をかけずに出てきたんですよ。ごめんなさい、お食事の支度《したく》もしないままで。今日ですか？　今日は休診にしました。こちらにまもなく警察が来るそうなので。検死解剖はもうとっくにすませました」

「早く家を出た目的は解剖？」

「ええ。本当は先生にも立ち合っていただきたかったんですが残念です。全く問題ありませんでした。死因は脳内出血。くも膜下のものと思われます」

諒子はいつもの調子できびきびといってのけた。

「翔子ちゃんもそちらに？」

これは気になっていた。午前四時台の時間帯は学校へ送り届ける時間とは思えない。

「夏風邪《なつかぜ》を引いて具合が悪いなんていうから薬を調合してやったんです。まだ子供できっと寝冷えです。学校へはここから行きました」

「そちらへうかがってよろしいですか？」

ここではじめて日下部は自分の意向を明白にした。

「ステノさんについてはぼくとあなたが第一発見者ですからね。警察の事情聴取もあるはずです」

「ご迷惑じゃないんですか？」

「もちろん楽しいことではありません」

日下部は受話器を握りながら苦笑いした。これではまるで自分が率先して警察と関わりを持ちたがっているような成り行きだ。

「先生はつまらないことに煩《わずら》わされず、ご自分のご研究をなさっていたいのではないかと思ったんです。それで警察にはわたし一人で対処しようと」

「ありがたいご配慮ですが、市民の義務は果たす主義なんです。それともここの警察には特別免除のシステムでもあるんですか？　例えば検死解剖で死因さえ特定できればあとの手続きは不要だとか」

「そんなことはありません」

諒子はあわててそういい、日下部は今からそちらへ向かう旨を伝えて電話を切った。

身仕度《みじたく》を整え台所へ出向き、冷凍庫のチルド室から食パンを取り出して厚めにスライス、オーブントースターで焼きあげる。バターの箱と残り少なくなった蜂蜜《はちみつ》の瓶を発見し、バターはたっぷり塗って、蜂蜜を惜しみ惜しみその上に重ねた。急いでいたのでコーヒーではなくティーバッグのダージリン紅茶。

二枚目をたいらげた時、玄関にぶらさがっている陶器のベルが鳴った。

「ごめんください。誰《だれ》かおられませんか？」

聞いたことのある声だったが、水野薫であることに気がつくのに十秒ほどかかった。日下部が三枚目のトーストをセットして玄関へ向かうのと、水野が玄関を上がって進みはじめたのとはほとんど同時だった。二人は喜多川家の廊下で遭遇した。

「おやおや、いい身分のブランチだこと」

水野はパンの粉を唇にしがみつかせている日下部を見据えた。相変わらず黒づくめの服装だが、めずらしくスーツでスカートを穿《は》いていた。細い華奢《きゃしゃ》なくるぶしとすらりとした曲線美がまぶしくないこともなかった。

「まずはどうして携帯がつながらなくなったのか、聞きたいものね」

リビングのソファーに腰をおろしながら彼女はいった。

「朝ご飯はまだ？」

日下部のその質問には答えず、焼き上がって彼が手にしているトーストに手を伸ばす。優雅といっていえなくない魔法のような素早さでかぶりついた。

「これにはコーヒーがいいわね」

ダイニングの方をうかがい卓上にあるコーヒーメーカーに微笑《ほほえ》みかけた。

というような流れで日下部は、水野と向かい合ってコーヒーを飲む羽目に陥った。水野に電話をした後に起きている事件について、順を追って話していく。もちろんこれには彫留洞窟でのステノの死やアリの襲撃のことも含まれている。携帯をなくしたのはこの場所だった。それから牧草地帯に集っていたティーンエイジャーたちのこと、翔子の金色に光る無機的な目――。

「おやおや」

水野はコーヒーカップを片手にまたその言葉を口にした。

「聞いていたのはここの家のお祖父《じい》さんと老医師が心中もどきで亡くなった事件。病気持ちとはいえ、二人同時に予定調和に見舞われるのは不自然。犯罪の匂《にお》いは濃厚。ここまではわたしもあなたと同感。ただしここまでよ。倉橋ステノという人の死は事故死としか思えないし、虫が嫌いな人間はとかく虫の出現をおおげさに感じるものよ。あなたたちはその時彼女の死体を発見した直後だったし、興奮状態だったんじゃない?」

「幻視、幻覚扱いか」

日下部はため息をついた。

「女の子の金色の目もね。あなたは一種幻想にとらわれているのよ。たぶんあなたの神経はたて続く事件にきしみはじめているんだと思う。不気味な生物農薬のテントウムシ、この存在もきっと大きいでしょうね。もうたまらない、つまりこれよ。もっともここで起きていることは幻想でした、それだけです、というようなものじゃない。幻想ではありえないことだってある」

そこで水野は一度言葉を切った。それから、

「高校生の男女が夜中に集会したり、裸《はだか》でぶらぶらしたりするのは現実よ。考えられるのは集団による薬物汚染。セックスパーティーにはマインドコントロールが加味《あらて》されている可能性もあるし、そうなるとはんぱじゃない黒幕がいるにちがいない。新手のカルト教団

かもしれない。またその薬はまだ我々が察知していない未知の種類かもしれない。とにかくこれには大問題につながる事件性がありありなのよ」

と厳しい表情で続けた。そして、

「ということは亡くなった女流画家の死体が重要になるということよ」

といった。そこで日下部はステノの死体がすでに検死解剖を終え、脳内出血が認められ病死と断定されたことを伝えた。

「頭部の外傷との因果関係は？　どちらが先に起こったかを知る必要があるわよ。外傷が先であれば誰《だれ》かが彼女を、殺意をこめて岩に突き飛ばした可能性だってある。脳出血はそのショックも手伝ってひき起こされたのかもしれない」

「誰かというのはティーンエイジャーたちの誰かという意味だね」

日下部は念を押した。水野はうなずき、

「もちろん何の恨みもない相手にそんなことをしたとしたら、その人物はまたちがう誰かの命令に操られていたことになる。だとしたら黒幕を暴く意味でも、ステノさんという人の亡骸《なきがら》は証拠物件になるのよ」

といった。

二人は富永医院へと向かった。水野は新千歳空港で道警に頼んで警察の専用車を借り受けていた。札幌市内の混み具合を知らない彼女は、渋滞のない北海道は天国だといいながら快調に飛ばしていく。

医院には十分ほどで着いた。門を入って正面玄関近くに駐車した。すでに先客がありパトカーと救急車がものものしく止められていた。

車をおりて玄関の方へ歩きかけると、急患の出入口である裏手から、救急隊員たちが担ぎあげる担架が出てきた。毛布に包まれているのは白川とも子で血色がよく完全に意識を取り戻している。

「具合はどうかな？」

日下部が話しかけると、

「遠いお医者さん、行きたくないな」

不安そうに首を振り続ける。

付き添っているのは富永夫人だった。

「大丈夫。おばあちゃん先生も一緒だから。すぐにお家《うち》に帰れるよう治してもらいましょう」

かっぽう着《ぎ》姿の夫人は少女の手を力強く握りしめ、日下部を認めると頭を下げて薄く微笑んで挨拶《あいさつ》した。相変わらず疲れを意志の力でカバーしている傲岸《ごうがん》な顔だった。

日下部はとも子についてはまだ水野に説明していなかったことを思い出し、その希有《けう》な病状を話した。すると水野は、

「どこかでホルモン作用を含む麻薬の話を聞いたことがあるわよ。もっとも植物ホルモンの研究をしていたら、副作用に麻薬効果があったっていうことのようだけどね」

といった。

十六

「死体はどこなの？」

水野は富永医院の玄関を入ったとたん荒木署長と鉢合わせた。いぶかしげな表情の相手の鼻先に警察手帳を突きつける。

「水野刑事？」

荒木は当惑の面持《おもも》ちで水野を見つめた。水野は黙ってうなずいた。すると相手はあわてて、

「井戸無村署長の荒木です。本庁から連絡は受けておりました。失礼しました。女性とは思わなかったので」

といい深々と頭《こうべ》を垂れた。

「洞窟《どうくつ》で発見された女流画家の死体を見せていただけますか」

水野は言葉を改めて繰り返した。

「すでに葬儀屋の手によって棺《ひつぎ》に収まっています。本人はアイヌの儀式にのっとった葬儀を希望していたようですが、この村でそれを知る者はいません。問い合わせてみましたが近親者との連絡もつきません。ということは葬儀は行なえないということです。でとりあえずは村の共同墓地に葬ることになります。今棺の搬送を手配中です」

荒木は淡々とした口調で説明した。

「司法解剖は行なったんでしょうね」

水野はほとんど無表情のまま荒木を見据えた。

「もちろん」

荒木がうなずくと、

「司法解剖の結果ならここにあります」

診療室から諒子が出てきて、手にしていたカルテに似た書類を水野に渡した。

「はじめまして。村の監察医の喜多川です」

諒子は丁寧な挨拶を忘れず、冷ややかな微笑を浮かべている。片や水野の方は、

「警視庁捜査一課の水野です」

ぶっきらぼうに答えた。そして素早く渡された司法解剖の報告に目を通すと、

「くも膜下出血が死因に特定されていますね。頭部の司法解剖も完了しているということですか？」

と聞いた。

「ええ」

諒子の微笑が曖昧《あいまい》なものに変わった。

「死体を見せてください」

水野は書類を相手に返すと、三度目のその言葉を口にした。

「わたしの司法解剖にご不満でも？」

諒子が対抗した。さらに、

「たしかにわたしにとってはじめての司法解剖でした。でも不首尾はないはずです。学生時代法医学は得意科目でしたし、札幌時代病理解剖には何回も参加したことがあります」

といい開きなおった。

「深い意味はありませんよ」

水野はいい切った。そして、

「ただ見たいだけです。現職の刑事の性《さが》のようなものです。猟犬に似た趣味。自分なりに納得したい、何かを見つけたい。気にしないでください」

と続けた。すると、

「それでは先生」

荒木は諒子を促した。諒子はむっとした表情のまま、

「棺のある場所にご案内しましょう」

といい診療室沿いの廊下を歩きはじめた。

倉橋ステノの遺体を安置した棺は、翔子が治療を受けた部屋のベッドの上に置かれていた。棺はすでに釘打《くぎう》ちされている。荒木が命令すると待機していた刑事が釘抜きを探しにいった。

棺が開けられた。

すでに相当の臭気がたちのぼってきていたが、その瞬間居合わせた人たちは息を呑《の》んで退いた。

棺は黒い水で満たされている。腐敗が進んで膨張した肉塊が溶けはじめていた。すでに完全に分解をすませた胸部には白い肋骨《ろっこつ》が見えている。顔の皮膚は失われていて、両目のあったところが洞《ほら》のような空洞を作っていた。無残な遺体はかつて人間の形をしていて、倉橋ステノを名乗った物体にすぎなかった。

「前によく似た死体を見たことがあるわ。絞殺後ブリキの衣装箱に遺棄されていた若い女性のものだった。骨と髪の毛がどろどろした液体の中にどっぷり。ただし死後二年たって発見されたものよ」

顔色一つ変えずに水野はいい、ポケットから缶入りのメンソレータムを出して、日下部に渡した。

「慣れているせいね。わたしは大丈夫」

渡された日下部はふたを開け、右手の人差し指につけて鼻腔《びこう》の粘膜に浸透させた後、荒木たちに回した。彼らも日下部に習った。

「これはおかしなことだわ」

さらに水野はいった。眼下の遺体から目をそらそうとしない。

「この遺体は死後まだ二十四時間もたっていない。気温などの環境要因で腐敗が早急に進行することはありうる。でもここまでひどい進み方は普通しないものよ。考えられるのは何らかの方法で、腐敗を促進する物質が死体に投与された可能性」

そこで水野は諒子の顔色を窺《うかが》った。

「わたしが？　何でそんなことをしなくてはならないの？　第一腐敗促進剤なんて聞いたこともない。あったとしてもここはそんなもののあるところじゃないわ」

諒子は切り返したが顔は青ざめている。

「たしかにね」

水野はふっと相手を嘲笑《あざわら》うような笑みを口元に浮かべた。それから、

「ここでその手の化学薬品を入手できるとは思えない。でもあなたがこの死体を隠そうとしたのは事実じゃないかしら？　だから早急に検死解剖もしたし、棺をとり寄せて釘打ちまでした。教えてほしいわね。この死体に何の秘密があったの？」

と問い詰めた。

「秘密なんてないわ。司法解剖を急いだのはあまりに腐敗が早かったからよ。当然の措置」

諒子は傲然《ごうぜん》といい放った。

「じゃあ、この黒い色は何？」

水野は黒く変色している遺体の皮膚と、そこからしみ出ている黒い液体を指さした。

「いい忘れたわ。これは人間の腐敗現象とは少しちがう。腐敗の課程で皮膚の色素が黒くなるなんてありえない。この現象は異常よ。このあたりに死体の秘密がありそうね」

そう水野は指摘すると、

「再度司法解剖をする必要があるわ。お願いできるわね」

といった。すると、

「休診は午前中だけ。午後には診療をはじめる予定でいたのに」

諒子は当てつけをいったが水野はとりあわなかった。

それからほどなく、ベッドがビニールシートで被《おお》われ再び司法解剖がはじまった。

「やれやれ」

荒木以下刑事たちは青い顔をして立ちすくんでいる。

「やはりわたしくらいは立ち合わないとまずいでしょうな」

日下部は荒木に聞かれた。

「何しろここは事件の少ない村なんです。司法解剖なんてめったに行なわない。おかげでわたしもこれが初体験です。まいりました」

「羨《うらや》ましいことですよ」

答えた日下部はすでに何度か体験していた。荒木に負けず劣らずこの手のことには弱いはずだが、水野とつきあっていれば避けられない事柄だと諦《あきら》めてもいた。

そんな二人は解剖に立ち合うべく白衣とマスクをつけた。

猛烈な異臭が漂う中を司法解剖が進められていく。主導権を取っているのは水野で諒子は黙々と従っているように見えた。もっとも二人とも厚いマスクで顔の半分を被っているので、怜悧《れいり》な水野の目とふてたように見える諒子の投げやりな視線以外、彼女らの表情はわからなかった。

遺体は縫合の痕《あと》の糸目が解かれて内臓が晒《さら》された。体内は皮膚の部分ほど黒化していない。特に切れ目の入った内臓はまだ血肉の色を止《とど》めていた。

「内臓は普通程度の腐敗。ただほとんど全部が切開されている」

水野がいった。

「中の病変を調べるためです」

すかさず諒子は答える。

「でも他の部分、大腿部《だいたい》の動脈や静脈、つまり血管部分はひどい腐敗状況。真っ黒。わからないわね」

水野はため息をついた。そして、

「最後に頭部に行ってみましょう。ドリルはあります？」

と相手にいった。

「ドリル？」

一瞬諒子は聞き返しあわてて、

「そうだったわ」

といい一度部屋を出た。その後ろ姿を見送った後水野は小声になり、

「彼女があわてふためいて向かっているのはまちがいなく、司法解剖用の器具のあるところ。こうした器具はここの前任者もめったに使わなかったと思うけど、彼女も使っていないはずよ。遺体の切開創は普通の外科用のメスによるもの。これと同じ」

と手袋をはめた手に握っていた、諒子が用意してくれたメスをかざして見せ、さらに、

「これはまだ推理にすぎないけど、たぶん頭部の解剖は省略されていると思う」

といった。

聞いた日下部と荒木は半信半疑だったが、実際に頭部にドリルをセットする段階になると、頭蓋骨《ずがいこつ》を削った痕跡《こんせき》は見当らないことがわかった。

頭の最上部が開けられ脳が取り出された。緑がかった肌色であるはずのそれは黒い汚物を想《おも》わせた。

「ひどい浮腫《ふしゅ》だけど単なる腐敗現象とはいえないわ」

水野はいった。そして膿盆《のうぼん》に移した脳をしばらくじっと見つめ、ためらわずに手にしていたメスの切っ先を立てた。その瞬間一部は脳漿《のうしょう》と思われる黒い水が飛び散った。

膿盆にたまったその液体はどろりとして見えた。水野はつと左腕をかかげて見せた。黒い水は彼女の白衣の袖《そで》にも飛んでいたからだ。水野の目が自分の白衣の袖に引き寄せられ続けている。

「虫？　アリだと思うわ、これは」

彼女はいった。

日下部たちの目はいっせいに膿盆に向いた。よく見ると黒い液体の正体は、アリと思われる小さな虫の死骸《しがい》が集合したものだった。

水野は素早くポケットから携帯用のピンセットとティッシュペーパー、ビニールの小袋を取り出し、アリのサンプルを作った。荒木に渡しながら、

「札幌でくわしく分析してもらってください。結果はすぐにでも欲しい。膿盆の方も保管しておくように」

といった。

「失礼します。気分が悪くて」

諒子は蒼白《そうはく》になった。メスを放り出すとドアへと向かい姿を消した。

「様子がおかしいな」

日下部は案じた。

「頭部の司法解剖を行なっていないことが発覚したからよ。それにこの虫。彼女はこれらの存在を知っていたんじゃないかしら？」

そこで水野は開胸したままの胸腔《きょうこう》から心臓を、腹部から胃をとりだして各々両手の平に載せ、

「見てごらんなさい。浅い浸潤《しんじゅん》と変色の痕がある。臓器はどれも血管から切り離されているし、彼女がとりだした後何かの溶液で洗い流した。おそらくフォルマリンだと思うけど、バケツにでも満たして臓器を漬け洗いしたのよ。おそらくアリの寄生は臓器に限られている。だから目的はもちろん各臓器に巣食っていたアリの存在を隠匿するため。証拠湮滅《いんめつ》の手法ね」

といった後臓器を元に戻した。

「とにかく彼女の様子を見てこなくては」

日下部はいい水野もうなずいた。

諒子は診療室にはおらず、白川とも子のいた二階の病室の隣りで休んでいた。昨夜失神

状態で運びこんだ部屋であった。

　ベッドのまわりにスナック菓子とチョコレートの箱、クッキーなどの袋が散らばってい
る。諒子は横たわっていてペットボトルのコーラをらっぱ飲みしながら、手当たり次第に周囲の食物をつかみ咀嚼《そしやく》していた。文字通りコーラで食物が流しこまれている光景だった。

「あなたの立派な経験からよれば過食症ということになるのかしらね。少なくともわたしは過食症の犯罪者の烙印《らくいん》を押されそうね」

　諒子は日下部に続いて入ってきた水野に向かっていった。好戦的だった。

「お言葉だけどわたしは医者ではなく刑事。あなたの個性的な食欲と、やってもいない頭部の司法解剖をやったというのは関係がないわ。食欲は自由だけど虚偽の申告は犯罪よ」

　水野はいい返した。すると突然、

「どうしてなの？」

　諒子は日下部を見つめて目を潤ませた。みるみる水晶体から透明な液体があふれ出てくる。

「どうして先生はこの人にわたしをいじめさせるの？　この人を黙らしてくれないの？」

とヒステリックに叫んだ後しゃくりあげて泣きはじめた。

「やれやれ」

　水野が肩をすくめかけると、

「嫉妬《しっと》だわ」

諒子の鋭い声が響いた。手で涙を振り払い、奇妙に冴々《さえざえ》とした顔で水野をにらみつけると、

「あなたは先生のことでわたしに嫉妬してるのよ。わたしが先生に助けられたから。抱かれたから。それが女の直感でわかるのよ。だからこんな仕打ちをするんだわ」

といい切り唇のはしをねじ曲げるようにして笑った。

水野はベッドの相手に背を向け廊下へ退散を決めこむ。その後を日下部が追った。

「嫉妬しているのは彼女の方だと思うけど」

水野は冷静だったが冷ややかではなかった。

「のようだね」

日下部も同意した。

「救出作業を誤解したようだ」

「女性、特に生真面目《きまじめ》な初心なタイプにありがちなことよ」

「そうかな」

日下部は疑問を投げかけた。

だが水野はそれには答えず、

「気になるのはあの遺体の葬儀。何とか故人の遺志に添うことはできないものかしら？」

と話題を変えた。変死体とめぐりあうことの多い水野には、身寄りのない遺体、無縁仏の処置について一家言あった。

まずは個人が信じる宗教の違いにこだわっている。霊安室に安置して十把一からげに線香や花をたむける、あるいは簡略した仏式の経《きょう》の後火葬で送り出すという、衛生的かつお役所的なやり方には疑問を持っていた。

「アイヌ特有の葬儀ってあるんでしょう?」

「それはある」

答えたものの、それを具体的に説明するのはむずかしかった。そこで倉橋ステノの家に行くことを提案した。アリとおもわれる生体への侵入物の分析がすぐにわからない以上、ステノの死因についての追究は中座している。とすればそれがわかるまでの時間は水野も暇なわけだった。

「いいわね。ぜひ行きましょう」

水野は快諾し二人は彼女が運転する車で、丘の上のラズベリーが実る家へと向かった。門も玄関も閉まっておらず、玄関の戸を開けて中に入ると、ごつごつした顔だちのステノが今にも現われるのではないかという錯覚に陥る。

日下部は水野を先導して階段を上った。〝シャーマン〟と書かれた札がぶらさがっている部屋の前で立ち止まる。誕生や結婚、葬儀に関わる画があってもおかしくないと日下部は考えたのである。

部屋の壁は葬儀をテーマにした連作で埋められていた。

「これは何？」

早速水野が聞いてきた。死者と思われる横たわっている遺体の周囲を、何人もの人間たちがとりまいている。背後には狩猟の道具や刀、正装用のアッシ、箸《はし》、膳《ぜん》などが華麗な色彩で描かれていた。水野が指さしたのはそれらだった。

「副葬品だ。この画の死者は男性だが女性なら仕事用の編み袋や玉飾り、耳輪などを遺体と一緒に埋葬する。副葬品にこだわるのはアイヌのあの世観と関係している」

そこで日下部は、〝あの世〟がこの世と同じように存在していると信じるアイヌの〝あの世観〟について話した。

彼らは人が〝あの世〟に行くことを、魂が肉体を離れてもう戻らなくなることだと見做《みな》していたこと、それゆえ遊体離脱の現象を当然のことと受け入れていたこと、そのため遺体は死後蘇《よみがえ》らないとわかるまで家に安置し、親しい人たちで見守り続けたこと。

そして〝あの世〟ではこの世で死んだ年齢のまま生き続けること、それゆえに生活必需品や愛玩品《あいがんひん》などを持たせなければ不自由すること。

「それから人はあの世とこの世を行き来することになっていて、この世には赤子で生まれ変わるとされている。だから基本的には先祖の供養は行なわない。先祖は守護神にはなりえずこの世の人となって戻ってくる」

「そのあたりがご先祖様崇拝の仏教や他の宗教とはちがうわね」

「とにかく蘇生《そせい》を信じる気持ちが強いんだと思う」

そういった日下部は四方の壁に外した痕《あと》があるのを発見した。部屋の隅に大きなキャンバスが裏に返されて重ねられている。彼はそれらのキャンバスを一枚、一枚表に返してみた。

紐《ひも》で縛った布にくるまれ揺り板に固定された赤子の画は誕生を示すものだった。それから手と顔に入れ墨をした妙齢の女性の姿。そして結婚式と思われる着飾った男女と、司祭のような役割を果たす長老の存在が描かれている祝宴の図など。

「なぜかしら？」

水野が頭をかしげた。

「どうしてこの人は壁に葬儀の画だけを残しておいたのかしらね」

「さあ」

聞いた日下部は言葉を濁したが内心こう思った。シャーマンの家系だといっていた倉橋ステノには意外な力があったのではないか？　漠然とにはちがいないが、彼女は自分の死期を予知できていたのではないだろうか？

十七

その日の夕刻も空は染まっていた。帰り道日下部は昨日路上で見たテントウムシとアリの話をした。

日下部と水野はステノの家の玄関を出ると、野生のラズベリーの茂みがあるという裏庭へまわったところだった。

「それならこれでしょ」

水野は立ち止まり足元に目を落とした。昨日とそっくり同じ光景が日下部の目に入った。赤と黒の不気味な生。その蠢《うごめ》きがまがまがしさと不吉感の象徴のように見えた。

昨日ステノはラズベリーにつく害虫を、捕食関係にあるテントウムシがやってくる根拠にあげていたがその通りだった。その時彼女は可能性を語ったにすぎなかったが、実はすでに飛翔《ひしょう》してきていたのだ。

「わたしの両親の実家は茨城の農家だから、小さい時からごつい虫には慣れている。それでもこれにはちょっと勘弁願いたいわね」

そういった水野はため息を一つついた。そして、

「毛虫からゴキブリまで、そんなに嫌じゃない。だけどこれは何というのかしら、ぞっと

する、虫酸《むしず》が走るわ。こんなテントウムシもアリも見たことがないという気がする。人工的で自然じゃない。怪虫という言葉があったら当たっていると思う」

と続けた。それから、

「ここにいるアリと死体から出てきたアリが同じかどうか調べる必要があるわね」

といいピンセットを取り出し、路上にかがみこんだ。

「刺されないように気をつけて」

日下部は注意した。

「あなたはすでに倉橋ステノさんがこのアリに刺されてああなったと考えている？」

水野はできあがったサンプルの小袋をバッグにしまった。

「ああ。見ているとそのうちわかるだろうけど、このアリはなぜか水棲《すいせい》なんだ。特殊なのはそれだけじゃない。生物農薬のテントウムシの糞《ふん》を食べる。加えて人間の体内に寄生することができたとしても不思議はない。血液も田や川の水も酸素を含んだ液体には変わりないからね。むしろ栄養たっぷりの血液は繁殖に格好の棲息場所かもしれないし」

「奇想天外ともいえる大胆な推理ね」

水野はいったが非難めいた口調ではなかった。

「アリに刺されると寄生されるということは、卵を産みつけられるからね。倉橋ステノは襲われて刺された時、天文学的な数の卵に寄生された。そして彼女の死とともに彼らも死んでしまった。これはどうしたわけ？　襲われて混乱した彼女は倒れて岩に頭をぶつけ呼吸を停止した。それで酸素が供給されなくなったから？」

続けて素朴な質問が投げかけられた。

「今のところそうとしか考えられない」

日下部は断定を避けた。

二人は門のある場所まで戻り、前に駐車してある車に乗りこむと喜多川家へと帰路についた。水野はどこか泊まるところはないかと聞いてきたが、日下部は首を振った。そして、

「諦めて喜多川家とぼくにつきあうしかないよ。それよりずっと聞きそびれているがどうして君はここに来たんだ？　たしかに二人の老人の死に方は尋常ではなかったが、君の管轄外の事件だろう？　だからそれは理由にならない」

と聞いた。すると水野は、

「当たり前よ。だけどその話は長くなるし、場合によってはあなたに札幌や新千歳空港まで出向いてもらう必要がある。もっともこれはあくまで捜査協力のお願いですけどね。とにかく後でゆっくり説明するわ」

早朝から移動、奮闘のし通しでさすがに疲れたのか、けだるそうな表情になった。

完全に陽が落ちた。喜多川家に近づくと門灯が点《とも》されていないことに気がつく。黒いシ

ルエットの家屋敷が淀《よど》んだ水のような印象を与えていた。

鶏の声が聞こえてきた。悲鳴に似たけたたましい鳴き声だ。

「大変。野犬だわ」

水野は門の前で車を止め、正体のない闇《やみ》のような暗さの中へと走りだす。聞こえているのは相変わらず鶏たちの断末魔の声だけだった。

「鶏小屋ならあっちだ」

水野に追いついた日下部は先導するべく、鶏小屋をめざした。

すると闇の中から血の匂《にお》いが漂いはじめてきた。それからバタバタと裏手へ走り去る何人もの人間の足音。日下部はうっすらとではあるが人影に似た白い後ろ姿を目撃していた。それはたしかにバービー人形のように華奢《きゃしゃ》な翔子だった。

「何が起きたというの？」

気のせいか水野の声が震えている。すでにすべては終わり鶏小屋はしんと静まりかえっていた。充満しているのはまだ熱く濃い血の匂いだけだった。彼女はペンライトの乏しい灯を床に向けた。毟《むし》られて散らばった無数の羽と固まっていない流血を確認する。

「一羽残らずやられたんだ。ただし相手は野犬でもキツネでもない。少なくとも手引きしたのはこの家の人間だ」

そこで日下部は諒子の妹翔子に起きた出来事を、その不可解な言動や変化について、電話でよりもさらに詳細に説明した。

「するとあなたは翔子という少女がおかしいのは麻薬が原因ではなく、あのアリに刺されたからだというのね」

水野の声はよどみがちでかすかに震えている。

「そうだ。制御不可能な異常な食欲もそれが原因」

日下部はいいかけると、

「さっきから電話が鳴っているわ」

水野は母屋のある方角を見た。

「富永医院だ」

日下部は鶏小屋を飛び出し水野は彼に続いた。

富永医院では夫人が隣町から帰っていた。青ざめきってはいるが気丈な面持《おもも》ちは不動のものである。

「先生は？」

日下部が息せききって尋ねると、彼女は黙って首を振った後、

「帰ってみたら診療室に倒れていたんですよ。意識不明。二階の部屋も診療室もお菓子や食物の山でした。尿の検査だけはカテーテルを使ってすませてあります。思った通り糖尿病昏睡《こんすい》でした」

といった。

二人は二階の部屋に案内された。薬液の入った点滴につながれている諒子は眠り続けていた。すでに枕元《まくらもと》のスナック類はきれいに片付けられている。かすかにすえたような甘い匂いがたちこめていた。

「糖尿病で昏睡？　自分が医者なのにそんなに重症になるまでほっておいたということですか？」

思わず日下部は浮かんだ疑問を口にした。

「いえ、糖尿病があるなんて聞いていませんでしたよ。でも急性のものとはあまり考えられない。急性の糖尿病なんて少ない例でしょうからね。今夜が山でしょう。処置はしましたが予後がよくないんです。意識が戻らない」

といい切った後、

「何度も電話したのに誰《だれ》も出なくて」

多少繰り言めいた口調になった。そして、

「この状況ですからね。少なくともお身内の妹さんには連絡しないといけません」

といった。

「付き添われたお嬢《じょう》ちゃんの容体はいかがでした？」

終始沈黙を続けていた水野がやっと口を開いた。

「これもおかしな話だと向こうの先生方はおっしゃるんです。止血剤の効果が薄いようだと。止血剤の点滴投与をやめると出血がはじまる。それから出血した血液を顕微鏡で調べたらおかしなものが見えたというんです。まるで虫の卵のようなものがごちゃごちゃ入っていたと」

「たしかに虫の卵といいましたか？」

水野は繰り返し二人は顔を見合わせた。

「もっとくわしく分析しないと断定はできないけれど、とにかく似ているそうです」

「倒れていた諒子さんは何か吐いたりしていませんでしたか？」

水野は聞いた。夫人はうなずき、

「吐瀉物《としゃぶつ》の一部なら念のため保存してあります。ただ」

いいかけて夫人は口ごもった。そこで水野は夫人が朝、白川とも子とともに去ってから行なわれた、倉橋ステノの検死解剖について話した。それから、

「彼女の吐瀉物にもアリらしき虫が見られたのではありませんか？」

とずばりと聞いた。夫人はうなずき、

「血に混じってはいましたが、たしかにアリでした。すぐにそのことを報告しなかったのはとてつもなく恐ろしくて。口にできなかったんです。この年になるまでこんなに恐ろしいものを見たことはありません」

といった。日下部はさっきの水野同様、震えている夫人の声をはじめて聞いた。

その後二人は診療室へと下りて、夫人が作ったサンプルを見せてもらった。吐瀉物の中で数匹のアリが死んでいた。

「見つけた時アリは動いていました？」

さらに水野は夫人に質問した。

「いいえ」

夫人は頭を振り、

「それが一番新しいサンプルのはずです。動かした時諒子さんはまた少し吐き、その時のものだからです。お知りになりたいのは虫が死んだ状態で体内から出てきたのか、まだ生きていたのかということですね」

と念を押した。

「そうです」

答えた水野ははじめて相手に笑顔を向けた。

それから彼女は警察へ電話を入れた。警察の人間に来てもらって、倉橋ステノの裏庭で採取したアリとともに手渡し、分析を急がせるつもりである。水野の受話器が置かれるのを待って日下部は、

「ここいらである仮説をお話ししておいた方がいいと思います」

といい夫人に向き直った。そして、

「これ以上パニックに陥らないためにも」

といい後を続けた。

「もちろんこれには死体、路上、吐瀉物各々のアリの死骸《しがい》が同一の種類だと断定されることが前提です。同じだとしてまず一つは、この村には人間への寄生という特殊な変異を遂げたアリが存在するということ、それから彼らが寄生可能なのはある年齢に限られるという事実」

「諒子さんのケースでわかったのね。ステノさんの直接の死因は頭部挫傷《ざしょう》だから、寄生アリとの因果関係が明確にはわからなかった。成人に達した人たちの体内ではなぜかこの寄生虫は生きられない」

水野はすぐに日下部のいわんとしていることに気がついた。

「そして小さい子供の体内でも生きられない」

夫人の声はまた震えはじめた。

「これがなぜだかはまだわかりませんが、ホルモンや代謝と関係があるのではないかと思います」

「生物農薬のテントウムシとも関係がありそうよ」

そこで水野はアリたちがテントウムシの糞《ふん》を貪《むさぼ》り食っていた話をした。

「つまりある種の特殊なホルモンの作用でテントウムシに変化が起こった。悪食ともいえる雑食で最強のテントウムシが出現し、それは一見文句のない虫害対策のように見えた。だが彼らはなぜか他ならないアリたちに影響を及ぼした。生態系を乱しはじめたんです。テントウムシの糞に引き寄せられる彼らは何世代かを経て、水棲《すいせい》に成功した。そしてさらにまた何世代かを経て人体への寄生が実現。最強のテントウムシは間接的に最強の生物になりつつあるんですよ」

一方日下部はアリの変異の原因について推理をめぐらした。

「ということはあの妙なテントウムシが元凶ということですね」

そういった富永夫人のこめかみは青筋が立っている。そして畳み掛けるように、

「あの魔虫を運びこんできた人間が諸悪の根源ということになりますね」

速見卓の存在を仄《ほの》めかした。よくは知らない水野はあっけにとられた顔になったが、まずいと判断した日下部は、

「これはあくまでぼくの仮説なんです。そのことをお忘れなく」

と相手の激昂《げっこう》をなだめる口調になった。

すると夫人はとり繕いの歪《ゆが》んだ笑いを顔全体に浮かべて、

「すみません。ちょっと病人が気になるので上を見てきます」

そそくさと診療室の外へと消えた。

しかし彼女は二階へは行かなかった。何もかもあの男、速見卓が悪いのだという思いが怒濤《どとう》のように彼女の心を占めていた。やっぱり思った通りだったという思いと、何も気がつかずに死んだ夫の無念さが交互に老夫人の感情を揺らせた。

だが夫、富永恵一郎はほんとうに何も知らなかったのだろうか？

突然触手のようにその疑惑が心の奥底から湧きあがってきたのだ。そしてほどなく彼女の心はすっかりそれに搦《から》めとられた。

夫は知っていた。ちがう。それでは夫が悪事を隠匿していたことになる。わたしの夫はそんな汚れた人間であるはずがない。この小さな村に長年貢献してきた聖者のような人物だ。そんなことは決してあってはならない。としてみれば夫は最近知ってしまったから殺された？

富永夫人は必死になって亡夫が知りえた経緯について考えをめぐらせた。あの日、二度と戻ってこなかった夕方、何かいい残していたことはなかったか？

自分にはなかった。最近ぎくしゃくしていたせいで、夫は何もいわずに外出することが多くなっていたからだ。だからいつ出ていったのかも正確にはいい当てられない。

それならなぜ夕刻とわかったのか？　夫人は自問自答した。彼女は廊下にへたりこみ頭を両手で抱えこんで、記憶を呼びさまそうとしていた。

突然頭の中にランプの赤さが閃《ひらめ》いた。そうだ、あれは内線がかかっている印だったと思い出す。一、二分の短い時間ではあった。夫は内線で話していて電話を切った。そして夕食の支度《したく》ができたと告げに書斎に行った時はもう姿がなかった。だから出かけたのは夕刻だと断定できたのだった。

夫が話していた相手はたぶん診療室の諒子だろう。この家にいる人間は自分と彼女だけだから他には考えられない。

とすると諒子は何か知っている可能性がある。

そこで富永夫人は二階のにわか作りの病室へ赴《おもむ》いてみた。こんこんと眠り続ける諒子はもとより目をさます気配などなかった。夫人はまず脈拍や体温など諒子の状態をチェックした。昏睡《こんすい》からさめる様子はないが病状の急変も見られない。安堵《あんど》と失望、両方の含みがあるため息をついて再び階下に下りた。

階段に足を交互に落としていく途中、ふと、あのゴミ箱の中身はどうなのだろうかという閃きを得た。

ゴミ箱というのは診療室にあったものである。本来几帳面《きちようめん》で清潔好きな夫人は、諒子が食い散らかしたと思われるスナック菓子の袋や缶ジュースの類《たぐ》いをゴミ袋にまとめたが、その際そばにあったゴミ箱の中身もゴミ袋の中にあけて処理したのだった。

たしかゴミ箱の中には切り刻まれてまるめられた紙の残骸《ざんがい》があった。それには赤と青の縁取りが見えていて、夫人は一瞬見慣れた検査票ではないかと思ったのだが、それなら破棄されるはずはないと思いなおした。

それだと彼女は確信した。やはりあれは検査票だったのだ。急患専用の裏口から裏庭へ急いだ。ここには常にゴミの回収日にそなえてゴミ袋がまとめられている。

彼女は目的のゴミ袋の中から一塊の紙の塊を取り出した。幸い切り刻まれ方は念入りではなかった。夫人はぺたんと地べたに座り、裂かれた紙片をつなぎあわせて、ほどなく諒子が抹消しようとしていた内容をつきとめた。

それは翔子の血液検査の結果で極めて不可解な内容が記されていた。人間のものとは思えない——。

普段の夫人ならまずはすぐ、この検査票を破棄した諒子への怒りと屈辱に燃えただろう。この行為は年老いている上に資格のない看護人への寛容な対処であると同時に、まぎれもない侮蔑《ぶべつ》を含んだものだと、少なくともこの夫人は判断するはずだからだ。

だが彼女は激情にもかられず怒りもしなかった。

一つには自分が夫から命じられてやった血液の採取方法に、まちがいがなかったといい切れるからだったが、それだけではなかった。

感情をも含む夫人の思いはすべてあの日自分が採取した血液に集中していた。

あの時夫はサンプル二本分の血液を採取しろといった。一本は業者に渡す分であと一本はたぶん、夫が手元に置くためだったと考えられる。

夫人は亡夫の書斎へと急いだ。富永恵一郎の書斎はまだ片付けられていない。掃除もされていない。彼があの日出て行ったままにしてあった。

夫人は机の上に出しっぱなしになっている電子顕微鏡を見つけた。レンズの下のプレパラートを見つめた。黒く変色しているが血であることはすぐにわかった。のぞいてもこれはもう意味がないだろう。

そこで彼女は夫の書棚の一部に視線を転じた。特殊な薬液でスライドグラスにプレパラートで固定され、永久保存状態のコレクションがあるはずだった。彼女の律儀な夫には必ず、顕微鏡で見たものを記念に残す性癖があったからだ。

思った通り、〝ショウコケツエキ〟とラベルが貼《は》られたものが一番上に載っていた。

彼女はそれをとりあげるとレンズの下に固定し、顕微鏡のスイッチを入れた。

それは驚くべき光景だった。卵からかえったばかりと思われる幼虫がひしめいている。それらはどれもミクロン単位のミニュチュアサイズで種類はアリだけではなかった。それぞれの判別できる形はバッタ、コオロギ、ゲンゴロウ、ホタル、コガネムシ、毛虫、芋虫など。中には夫人の知らない奇妙な形の虫もいた。

よもや赤血球や白血球、血小板などの馴《な》染《じ》みのある血液因子はどこにも見当らなかった。

これを見た検査技師は人間のものでも動物のものでもない、遺伝子工学関係の研究者たちのしでかしたいたずらでも、迷いこんできたのだと見做《みな》したにちがいない。

だがちがうのだ。この血液は正真正銘自分が翔子から採取したものだった。

スライドグラスに固定されているこれらはもちろんもう生きてはいない。しかし夫が顕微鏡をのぞいた時には生きてうよう蠢《うごめ》いていたのではないだろうか？　想像しただけで彼女はぞっと総毛立つのを感じた。

夫人は立ち上がり、よろめく足どりで日下部たちのいる診療室へと向かった。この事実を彼らに伝えなければならない。

だが診療室のドアの前で立ち止まると二人の話す声が聞こえた。

その内容は日下部の知り合いの女性刑事が北海道にやってきた理由についてだった。彼女は行方不明の若い女性の消息を追ってここまで来たのだという。女性たちはいずれも新千歳空港で消えていて、もしかしたら虫が共通項になっているのかもしれないと水野という刑事はいった。

それからまた彼女は、達三の靴の裏に付着していた物質についても説明していた。日下部が独自に採取して東京に送ったものらしい。

「南方系の蝶《ちょう》の胴体に含まれる特殊な酵素だそうよ」

水野はそういった。

そのとたん富永夫人は興奮で息がつまりかけた。

あの男だ。何もかもあの男の仕業なのだと納得した。速見卓が休日でもないのに、空港付近を車でうろついているというのは聞いたことがあった。そして彼の家の庭の表から見える場所には、時におびただしい数の蝶の死骸《しがい》が棄てられているということも。その蝶の羽は南国の輝ける青い空を想《おも》わせる美しさだとも聞いている。それはきっとアマゾンを住みかとするモルフォ蝶にちがいないという人もいた。

わたしが知っているこのことをあの人たちに伝えれば、必ず彼らは早速《さっそく》速見卓を訪ね、彼のその家を捜査するだろう。

だがそれでほんとうにいいのだろうか？　彼らにまかせてしまっていいのか？

速見卓はあの化物《ばけもの》のテントウムシを作り出して供給し、この土地を汚した。だがもはや彼の罪はそれだけではない。

あの翔子という娘の血液が、人間のものとは思えない代物に変化したのは、あいつのせいなのだ。なぜならあいつにレイプしかけられて少女は水田に落ち、水棲のアリに刺されたのだから――。

そしてそのことに気づいた夫や達三を殺した。何を使ったのかはわからないが無残な死体の形相《ぎょうそう》からして、毒虫の一種のような気がする。

問題はどこまで警察が調べあげてくれるかということだった。

速見卓がただちに生まれ故郷の大阪から弁護士でも雇ったら？　捜査前に証拠の湮滅《いんめつ》が

はかられたら？　明るみに出る彼の悪事はごくわずかなものに限られてしまう。

そこで富永夫人は一度はかけた手をドアノブからそっと外した。

〝これはきっと夫がわたしに遺した闘いなのだ〟

夫人は決意していた。

十八

うす暗がりがゆらゆらと煙のようにたなびく時間がやっとすぎた。部屋の中が本格的に暗くなった。速見卓は夏の長い陽が嫌いだった。煩雑な昼の現実が夜の神秘を侵略している。

このところ彼は満ち足りていた。これもガラスケースの部品を購入して組み立てたおかげだとほくそえむ。

トラフシジミに惹《ひ》かれて来道したという少女は今、彼の目の前にいた。

彼のいるのはリビングで四方の壁は昆虫やクモ、サソリなどの標本で埋まっている。標本箱を照らすセットされた灯だけがこの部屋の唯一の照明だった。電気は通っていて、天井には安手のシャンデリアがぶらさげられているが点《つ》けてみたことはなかった。

暗闇《くらやみ》に映し出される個々の虫たち。その特徴ある形と色あいは周囲が闇だからこそひときわ引き立つのだ。速見は陽の落ちた夜、陳列棚の照明に映える彼らがもっとも美しいと信じていた。

　もちろんそれはガラス箱の中で食われ続けている少女も例外ではなかった。椅子《いす》に縛りつけられた彼女の遺骸《いがい》は、くの字の形に折れ曲がった炭化した墨のように見えた。びっしりととりついている黒山のアリたちは休むひまなく腐食活動を続け、同時に旺盛《おうせい》な繁殖を繰り返していた。

　刺激的で絶妙なながめだと速見は思った。地下室から引き上げてきたガラス箱はテレビのあった場所に置かれていた。速見はふとこれを置いてから、テレビの装置を使ってビデオを観る必要がなくなったことに気がついた。何といっても本物が一番、現実が何より。映像などというものはなぐさめの仮想現実にすぎない。

　これぞほんとうの癒《いや》しそのものだと彼は認識していた。かつての彼はほとんど夢中でビデオ体験を積んだ。この手のいやこれよりも過激な、血や脳漿《のうしょう》の飛び散る残酷シーンを数限りなく観てきた。だがそれらが与えてくれたのは脚色された虚構の癒しだった。模造品。だから少しも充《み》たされなかったのだ。

　それから彼はまた庭に埋めた二体の死体と棺《ひつぎ》のことを思い合わせた。あれらはいったい何だったのか？　彼は彼女らを愛してやまない虫たちと同化させようとした。アリなどの腐食動物をけしかけて。プロセスという言葉が脳裏をかすめた。その通り。ここへ辿《たど》りつく過程だったのだと納得した。

つまり自分に必要なのは安っぽいロマンなどではなかったのだ。彼女らが誰《だれ》であったか、性別さえも専門家でなければ識別できない状態になるまで見極めることだった。

彼にはそれが真の復讐《ふくしゅう》で真のロマンだったのだと思えてきていた。

だから常にそして未来永劫《えいごう》、見つめ続けていく必要がある。自分はギャラリーの使命を帯びたハンターであるべきなのだ。そう思うと目の前の光景に変化が生じた時のことが気になった。ギャラリーには観るべきものがなければならない。

それにはまずガラスケースがいるだろうと彼は考えた。手元にあった電話器を引き寄せ、ケースを注文した通販会社の番号をリダイヤルした。相手の中年男性は社名を名乗った後、

「いつもお世話になっておまして」

慇懃《いんぎん》だが適当に愛敬《あいきょう》が感じられる関西弁のイントネーションを披露した。

そこで彼は先に注文した製品に大変満足していること、買おうと思えばいつでも入手できるものなのかどうかを聞いた。

「今のところ在庫はおます。けどいつのうなるかはわかりまへん。あれには空気穴や照明もついておますし、便利やいうて多目的に使いなはるお方が多いですさかいに」

「ほう、例えば何に使うんですか？」

彼は聞いてみたくなった。

「それはあんさんわかっておられるでしょうに。お楽しみでんな、やっぱり」

相手の口調は急に卑猥《ひわい》なものに変わった。げらげらと笑いがつながる。

彼は多少不愉快な気分になった。自分の聖域に踏み込まれたような気がしたのである。そして潮時だと判断し注文の旨を冷ややかな声で伝えると電話を切った。

彼は電話台の近くにあるソファーに座っていた。そこからはガラス箱が真っ正面に見える。彼は視線を再びガラス箱へと移した。

「お楽しみでんな」

という下品な笑いがまだ耳の中に残っていた。さっきの不愉快さは消えてそそられる気持ちになっていた。自分以外の人間はこの箱でどうやって夢を見るのだろうか？

相手を裸《はだか》に剝《む》いて四方八方からながめる悪趣味だろうか？

月並みだ。馬鹿馬鹿しい。戯《ざ》れ芝居《しばい》もいいところではないか？　彼は舌打ちした。そしてやはり不愉快にまたなった。自分の聖なる傍観とくだらない遊びを一緒にされてはかなわない。同時に限りない優越感を感じた。一歩も二歩も先んじて体験、実感できるのが自分なのだと。自分はまぎれもなく超人なのだと。

それから彼はもっと感じるために台所へ立った。夕食用の骨付きハムとフランスパンを取りに行って戻った。その際マントルピースの上から燭台《しょくだい》を取り上げ、写真立てなどが並べられているテーブルに置いた。山型に並んでいる三ヶ所の蠟燭《ろうそく》に火を点《とも》す。ぼーっと周囲が明るくなった。幼い姉弟の笑顔も映し出される。

速見はブロックの生ハムを二枚、厚切りにすると、サイドボードからチェリーブランデーの瓶を取った。正直なところ彼は酒には不案内だった。特に苦いばかりのビールやウイスキーは苦手だったのだ。

彼が好きなのは甘いリキュール類。お菓子に似ている味がいい。

彼はとりわけ甘いチェリーブランデーでうっとりと気持ちよく酔い、生ハムとフランスパンを咀嚼《そしやく》した。生ハムは甘くそして奇妙に官能的だった。最高。まさしく肉食の昆虫に変身した気分になっていた。

それにしても、もしなれるものなら何の虫がいいだろうと彼は思いをめぐらせた。まっさきに頭に浮かんだのはゲンゴロウだった。水棲《すいせい》で獰猛《どうもう》な肉食昆虫。だが残念なことにこの種は極端に水質汚染に弱かった。ゲンゴロウが棲息《せいそく》できる河川の減少には加速度がついていた。絶滅の危機を宣告されている。

そこで彼はつい最近発見した事実を思い出した。

再び立ち上がりソファーの裏手に回った。水槽が二箱、ガラス箱と向かいあう形で置かれていた。一方の水槽の底には黒い土が敷きつめられていて、もう一方は土の上に濁った水が満たされていた。

彼がここのアリたちが水棲可能なことを知ったのは、翔子の事件が起きた時だった。あの時富永医師は、翔子の皮膚にアリの刺《さ》し痕《あと》を認め主張した。刺し痕はすぐに癒《い》え、居合わせた人たちは富永の主張に半信半疑だったが、速見はちがった。

直観的に富永のいい分は的を射たものだと判断したのだ。富永と速見とでは目的や専門はちがうが、アリとの関わりあいはプロなのだから。アリの刺し傷を過去に多く見てきた医師がまちがうはずなどないのだ。何度も刺された経験のある速見にいわせれば、それほどアリの刺し傷は特徴的なものだった。

そこで彼は注意深くアリたちを観察しはじめた。アリたちが彼の開発したテントウムシの糞《ふん》に愛着があることはすぐにわかった。

アリは基本的には雑食だからこれはそう不思議なことではない。たまたまではないか？はじめのうち彼はそうたかを括《くく》った。

ところがそのうち、テントウムシと糞を求めるアリたちの情熱が並大抵ではないことがわかった。アリたちはテントウムシを追い求めて始終巣穴を移動しているのだ。

彼はこの謎《なぞ》について考えやっと思い当たった。それにはまず、このテントウムシができた経緯を思い返す必要があった。

実のところはじめに開発したテントウムシはここまで強力な虫ではなかった。捕食能力といい繁殖力といいきわめて平均的な代物だった。

平凡なテントウムシ。それが彼には面白くなかった。何も強力な生物農薬を開発して、村から化学物質による汚染を遠ざけ、村民に福音をもたらそうなどという、高邁《こうまい》な志があったわけではなかった。

もっとも富永恵一郎は勝手に誤解して感激し、村中の農家に使用を呼びかけるという音頭取りをかって出てくれたけれども。おかげで彼は業績を上げたと本社から見做《みな》され、生物農薬とともに半永久的にこの村の駐在員の地位を得そうになっているけれども――。

それらはともにもたらされた結果にすぎなかった。速見は単に強いテントウムシが作りたかっただけのことだった。

それで彼は何をしたのか？　常日頃《つねひごろ》から気になっていたのはフェロモンだった。彼が研究所で義務づけられていた研究はフェロモンを用いての害虫駆除。農学部の博士課程で博士論文にも選んだテーマだった。

昆虫のフェロモンは性フェロモン、集合フェロモン、警報フェロモン、道しるべフェロモンなどが知られている。その中で特に彼が惹《ひ》かれていたのは性フェロモンだった。ただし性フェロモンを逆手《さかて》に使って行なう害虫駆除はたかが知れていた。効力はとどまるところ交信かく乱による発生防止だったからだ。

彼はとにかく好戦的な、肉食獣のように逞《たくま》しいテントウムシが作りたかった。そのため彼は思いつくままに、各種の性フェロモンをもとのテントウムシに投与してみた。

投与した性フェロモンの種類は虫類の他に鳥類、魚類、犬や猫などの哺乳類《ほにゅうるい》とさまざまで、これはれっきとした犯罪行為なのだがヒトのものも試した。

当初まだひ弱だったテントウムシたちは他種の性フェロモンが投与されたとたん、即座に動きを止めた。生き残るものは皆無だった。ところが速見ががらりと方針を変えて、さまざまな種属に亘《わた》って、性フェロモンだけではなく、集合フェロモンなど他の各種フェロモンをブレンドして与える実験に入ると事態が変わった。

長い時間ではなくまた繁殖はできなかったが、生き延びる虫が出てきたのである。彼はさらに根気よく続けた。そしてついに今の王者が生まれたのであった。

ただし彼には多少の後悔があった。王者を生み出したフェロモンブレンドの妙が再現できないのだ。ノートにメモこそとってはあったが、それをそのまま使って作ったブレンドでは二度と王者は生まれなかった。

でもまあかまわないではないかと彼は思っていた。王者は繁殖の限りを尽くしているのだ。他所《よそ》で必要とあれば生体を譲り渡せばそれですむ。彼らはもりもりと害虫を食べ続け、あっという間に繁殖し、強力な生物農薬として機能するはずだ。つまり、奇跡をもたらしたブレンドにこだわる必要など、もうどこにもありはしないのだ。

しかしどうやらそれだけではすまなかったようだ。彼はブレンドしたフェロモンの種属についてはすっかり頭に入っていた。その中にアリのものもたしかにあった。それからバッタ、蝶《ちょう》や蛾《が》、トンボ、ホタル、コオロギ、ゲンゴロウなどの昆虫類やクモ類のものなども。

とはいえヒトのものは入れた記憶がなかった。ノートを見つけ出しメモを見たが書かれていない。

彼が開発したテントウムシの糞にはさまざまな種のフェロモンが含まれているはずだ。アリたちがそれに惹かれるのは自らの匂《にお》いを感知してのことと思われる。そしてこの糞食はアリの習性に変化をもたらした。

水棲可能の両棲類的特質。これにはゲンゴロウやホタル、トンボのフェロモンが関与しているとしか考えられない。またこのアリたちが攻撃的で食欲旺盛《おうせい》、優れた繁殖力を示すのは、最強のテントウムシの資質を受け継いだものと思われる。

そこまでは極めて明確に理解できた。だがわからないのはこのアリが生きている人間を襲う理由だった。テントウムシが人間には全く無害な存在なのにである。

もっとも驚きはまだ他にあった。

彼は単なる興味からアリの集団に襲われていた子猫を持ち帰った。その猫の皮膚の刺し傷は翔子がそうだったようにすぐに癒えたが、獰猛なまでに餌《えき》を欲しがるので与え続けると、腹部を破裂させて死んだ。

解剖すると猫の体内から多量のアリが湧いて出た。血液を顕微鏡で見た。さまざまな虫の幼虫が蠢《うごめ》いているのが見えたが、そのうちアリと思われる種類が、他を食い尽くして生き残り繁殖をはじめた。

もっとも彼はこの様子を面白く見た。いずれこのアリたちは、最強のテントウムシの宿敵になるにちがいない。限りなく増え続けるテントウムシは、そのうち餌に困るようになる。テントウムシが飢えれば糞食のアリたちも飢える。

大きさや力わざではアリはテントウムシの比ではないだろう。だが彼らには水棲も可能という底力がある。

一方テントウムシにもアリから得たプラスの特性がある。集団による知的ともいえる捕食行為。アリに負けず劣らずの雑食ぶり。

生き残りをかけた接戦をまのあたりにするのは楽しみなことだと彼は思った。

そんなことを考えていて、ふと死んだ猫のことを思い出し生きている翔子に思いがいった。あの娘はどうして猫のように死なないのか？　ヤク中まがいのおかしな行動は、ブレンドフェロモンたっぷりのアリの寄生のせいだとして、元気に生きているのはなぜか？

結論はすぐに出た。アリが寄生できるのは哺乳類は限られているのだ。きっと彼らの持ち合わせているブレンドフェロモンと、宿主の内分泌系とのバランスが微妙に関係しているにちがいない。

としてみれば今後はますます見応《みごた》えがありそうだ。もしかして最終的に勝つのはアリたちかもしれない。何しろ生きている人間を餌にすることができるようになってしまったのだから。

彼は笑った。めずらしく歪《ゆが》み一つない晴れ晴れとした笑いだった。

ソファーに座っていた彼は立ち上がり水槽へと向かった。ゴム手袋をはめて両手を土だけの水槽にまず沈め、アリの塊をつかむと水のある隣りに投げ込んだ。

これはもうこのところ日課に近い行為だった。彼は目を凝《こ》らして水の中に放り出されたアリたちを見つめ続ける。多くは溺死《できし》した。だが選ばれた勇者とでもいうべき少ない数は生き続けた。背中の羽が水掻《みずかき》のように開いて水中浮遊をはじめる。

いずれこれも勝負がつくなと彼は確信した。水中に逃げることのできないアリたちは、テントウムシが飢えればまっさきに餌食《えじき》になるだろうから。結局は水棲可能、寄生可能なアリたちの天下となるだろう。

そこでまた彼は爆笑した。酔いも手伝っているのだろうが、どうして今日はこんなにも気分がいいのだろうか。

「勝利者諸君」

彼はゴム手袋の両手を水の入った方へ沈めた。支配と勝利の実感を自分にも分けてもらいたかったからだ。彼はアリの潜む水底を思いきり掻《か》き回した。

突然両手に激痛が走った。飛び上がった彼は両手を水から引き抜いた。ゴム手袋にびっしり黒い塊が付着していた。アリたちはゴムをも突き破る鋭い歯を獲得しはじめたのだ。

彼は手袋ごとアリを床に叩《たた》きつけた。すでにめまいと吐き気に見舞われていて、立っているのがやっとだった。熱も出てきている。胸もおかしかった。猫を解剖した時心臓に巣食っていたアリの巣を思い出す。

恐怖で凍りつきそうになった。そのせいもあって彼はぜいぜいと喘《あえ》ぎかけた。その時ぽつんと放たれた自分以外の人間の言葉を聞いた。

「自業自得とはこのことだわね」

一瞬彼は幻覚かと思った。うす暗いせいで幽鬼のように見える老女の姿を見たのだ。彼は目をこすった。どうやら夢でも幻覚でもなさそうだった。

しかしいつやってきていたのだろう。いつからそうしていたのだろう。不覚にも彼はまるで気がついていなかった。とにかくずっと彼女は彼の背後に立っていたにちがいない。

老女の目はじっとガラス箱のアリに食われる少女に注がれている。動揺はなかった。冷ややかではないが物事を正確に見極めようとする、曇りのない透徹した視線だった。

「うちの先生や達三さんはここまでの目にはあわせられなかった。ひどい顔になってたけどちゃんと棺《ひつぎ》に入ってお墓でご先祖様と対面できた。まあ、ありがとうとお礼をいうべきなんだろうけど口から出ないね」

速見は全身がほてりはじめるのを感じた。卵の孵化《ふか》がはじまっているのだろうか。そしてやっと相手の言葉で、ようやく目の前の老女が富永恵一郎の妻だとわかった。

彼女は高熱のために震えはじめている速見を一瞥《いちべつ》してあざとく笑い、

「おや、あんたは失神しないんだね。これは男と女のちがいかしらね。お気の毒。そのアリに寄生された人間は十中八九死ぬようだ。まずはそのうち昏睡《こんすい》に陥る。あんたの場合はすぐに来るだろうよ。わたしの見た中じゃ、一番悪そうだもの。多少長く生きられるのは若い子たちだけ。あんたには望み薄だね」

といった。

「助けてくれ」

彼は叫んだつもりだった。だがつぶやきが洩《も》れたにすぎなかった。もはや全身の血が沸騰しかけているようだった。

「考えてやらないこともないけど条件がある。やったことを全部認めたら」

そこで富永夫人はバッグからテープレコーダーを取り出した。速見は夫人に支えられてソファーに腰を下ろした。隣りで夫人がレコーダーのスイッチを入れ、テープを回しはじめる。

「あんたに選択の権利はないと思いますけどね」

一瞬速見はためらったが、いわれるままに富永医師と達三の犯行を認めた。

「まだあるはずだよ。この村で何をやったか――」

相手は容赦《ようしゃ》なかった。そこで速見は息もたえだえに生物農薬を作り出したプロセスを説明した。科学全般に好奇心と知識の両方がある夫人は、彼の戦慄《せんりつ》の告白にはじめて全身を震わせた。

「恐ろしすぎることだわ」

そして、

「これも」

とガラス箱を指さし、

「あんたがしでかしたまだ発覚していないいくつもの似たような犯罪も、根っ子では全部、あの怪物、生物農薬につながっている。悪魔が産み出したとしか思えない狂気の産物」

といった。

「早く手当てを」

彼はすがった。すると突然からからと夫人は笑いはじめた。

「いわなかったかしら？　アリの寄生に対峙《たいじ》できる薬はありません。あったらいいのにと思うけれどない。だからあんたはこのままじっと死ぬのを待つだけ。その前に手当たり次第、餓鬼のように物を食べる楽しみくらいはあるかもしれない」

そういって夫人はソファーを立ちかけた。

「畜生。だましたな、この婆《ばば》あ」

もはや速見は悪鬼の表情だった。全身が硬直し顔が歪みきっている。夫人のブラウスの片袖《かたそで》をつかんで引き戻した。

「この野郎」

夫人はソファーの上に転倒させられた。馬乗りになった速見が殴りかかってくる。病みはじめている速見の力はそう強いものではないはずだった。だがある種の情念が彼に体力を超えた力を与えていた。

「クソ婆め、俺《おれ》をよくも馬鹿にしたな」

夫人は海老《えび》のように丸くなり両手を頭の上にぐるりと交叉《こうさ》させた。まずは頭を守るのが先決だと判断したのだ。

だがなかなか相手の攻撃は止まない。はあはあという相手の息使いが遠退《とおの》く気配はなかった。

夫人は庇《かば》いきれない足や胸、腹部を打《ぶ》たれ、さらに顔に平手打ちを見舞われた。左目のあたりに激痛が走った。思わず頭に回した両手を引き下げ顔を覆った。両手の指の間から相手を窺《うかが》う。

歯茎《はぐき》を剝《む》き出した速見の野獣のような顔が見えた。彼は新たにこぶしを振り上げ、夫人の頭部にねらいをつけている。

「止めだぞ」

彼がそういったのと、夫人が跳ね起きながら相手の下腹部を蹴《け》りあげるのとはほとんど同時だった。

彼は呻《うめ》きながら近くにあったテーブルに倒れこむと見えたが、かろうじて自分を支えて立った。

「一人でなんぞ死ぬものか」

彼はいい、よろよろしながらチェリーブランデーの瓶をかかげ持つと、逃げようとしていた後ろ姿の夫人に中身をそっくり浴びせかけた。その後素早く燭台を取り上げ、追いついた夫人の背に点火した。

窓は開け放たれていて、風が出てきていた。

夫人は突然熱さと光に包まれてゆっくりと倒れた。次に重い物体に背中が押しつぶされた。しばらく速見の重みがぎりぎりと身体《からだ》全体をしめつけてきた。それは息が止まりかけるのではないかと思われるほどの痛みだった。だがほどなく感じなくなった。

もはやすべての感覚が麻痺《まひ》しかかっていた。残っているのは恐怖心だけだった。とはいえ、自分がこのろくでなしの犯罪者とともに焼け死ぬのだという思いは、実はたいした恐怖ではなかった。それより問題は標本箱の存在だった。それらが恐怖の元凶であることに気づいたからだ。

炎に照らされてひときわ壁の標本箱がくっきりと見えた。薄れゆく意識の中で数限りない虫たちが生きて輝いていた。そして炎とともに飛翔《ひしょう》し自分に襲いかかってくるように感じられた。

「あなた、助けて」

彼女は最期の言葉を口にしながらはじめて、夫たちの体験した恐怖をわが身に実感していた。

十九

牧草地帯に月が昇っていた。新月から回復しはじめたばかりのその月はまだ生彩がなかった。靄《もや》を集めたかのようにうっすらと光っている。湿った不吉な印象そのものだった。

翔子は牧草の生えている茂みを前に路上に立っていた。どうしてここにいるのかと考えようとした。自分は今までどこにいて今からどうしようとしているのか？　わからなかった。ほんの何分か前のことさえすでに思い出せなくなっていたのだ。

ほんとうに今までどうしていたのだろうか？　翔子は全神経を集中させてその答えを得ようと試みた。

どうしても知りたい。

するとかろうじて殺したての動物の新鮮な血の匂《にお》いが思い出された。しかしこれは本能の思い出だった。

きっと動物の死体のそばにいたのだ。翔子は納得した。その血肉の匂いは魅力的で彼女はうっとりしてしまい、その先を思考することはもうできなかった。

翔子の隣りには白川俊が立っていた。この少年もまた、自分はいったいどうなってしまったのだろうかと、案じる気持ちが多少あった。

白川とも子。その名前がほんの一瞬彼の頭をよぎったからだった。病気のとも子はどうなったろうと彼は思った。ただし、彼女の症状が自分によってもたらされたものだという自覚はなかった。あの日とも子に顔を近づけ口からアリを分け与えたことなど、きれいに記憶から抹消されていた。血を分けた妹だという認識もとっくに消えている。ただとも子、その名前が妙に心にひっかかっていた。

そして彼はとも子を覚えているのは苦しいことだと気がついた。とも子を思い出すと、全身に漲《みなぎ》っていた生命力が萎《しぼ》みかけるのを感じる。何とかとも子を忘れることはできないものだろうか？

そこで彼もやはりあの魅惑的な匂いに行き着いた。好みをいうなら、あれはもっと時間がたってむっとすえたようになった方が食欲が湧く。腐りかけた動物の匂いの記憶が反芻《はんすう》された。彼はわずかな間にすっかり逞しくなった顎《あご》をぐいと引いて、ごくりと生唾《なまつば》を飲みこんだ。

それでとも子の思い出はすっかり終わった。

俊と翔子はふと思いついてお互いに見つめあった。二人とも冷たくはないが感情のないガラス玉のような無機的な目をしていた。翔子の目も今は金色に光っていない。彼らは自分たちを同族だと認識していた。だがことさらその事実に愛着は感じていなかった。危害は加えあわない者同士。あるいは餌《えさ》の獲得をめぐって協力しあう便宜的なチーム。それだけのことだった。それ以上のことなど必要はないのだ。

彼らの欲望は食欲だけになっていた。性欲も時には起こったが、それは仲間でない仲間になりそうな相手を前にした時に限られる。

翔子がリンチにあいかけた日、屋上で彼女と俊の口から飛翔したアリたちは、そこに居合わせた少女たち全員の体内に吸い込まれた。アリたちは寄生に成功したのだ。そしてさらに彼女たちからパートナーの少年たちへとうつされていった。

寄生された少年少女たちは、寄生虫の本能が命ずるままに、寄生できそうな相手を見つけると必ず思いを遂げた。その際成人は敬遠された。一度人間の体内に寄生したアリたちの本能はセンサーのように精密だった。こうして寄生の輪は堅実にかつ確実に広がっていく。寄生アリは旺盛《おうせい》な繁殖を続けていた。

翔子は牧草地を見渡していた。何組ものカップルが並んで立っている。だが彼らももう仲間である以上、お互い生殖は不要のはずだった。ここに集合していることに意味があるとしたら、まずは牧草に付く朝夕の露の摂取、それから一緒に行動する餌漁《えさあさ》りのためだった。

そうだったのだと納得して翔子は牧草の中へ足を踏み入れた。喉《のど》の渇きは人間の飲料水で何とかなるから気がつかなかっただけだ。だがそれだけでは不足してしまう。自分たちは草の露を定期的に身体に入れないと皮膚が乾いて痛みだすのだった。

たぶん自分たちはもう人間ではないのだろう。そう思ったとたん翔子の心が甦《よみがえ》った。いい知れぬ悲しみが心を浸した。立ち止まり頼りない月に向けて両手をかざした。

両手ともそっくり指が消えている。手の甲とほぼ同じ長さの鋭い鉤爪《かぎづめ》が直接甲からにょきにょきと伸びていた。これは何だろう？　この醜さが自分たちなのか？　驚愕《きょうがく》が翔子を襲った。恐怖に近い感情。試しに右手の鉤爪を鼻に近づけてみた。爪の間には固まりかけた血がこびりついている。特有の魅力的な抗しがたい匂いがした。

だが不思議なことにすぐには本能に凌駕《りょうが》されなかった。落胆は去らず皮膚や身体の不調とはちがう痛みが続いている。これがあたし？　そんなはずはない。気がつくとスカートのポケットを探っていた。ポケットに長い爪をねじ曲げるようにして入れた。鉤に薄い小さな破片が引っかかった。引き上げてみる。

白ユリを描いた付け爪。翔子が志していたネイルアートの名残《なごり》がそこにあった。翔子はアリに身体を侵略しはじめられた時に興奮状態に陥り、その類《たぐ》いのものをすべて処分した。虫の本能が化学物質であるエナメルや除光液の匂いを嫌ったからである。それについての記憶は当然のことのように抜け落ちていた。

だが今、翔子はその化学物質を忌《い》まわしいとは感じていなかった。胸が塞《ふさ》がれるような奇妙ななつかしさが呼びさまされた。

諒子姉さん。

だが結局その思いも苦しみにはちがいなかった。感情は高ぶり胸は熱く張り裂けかけていた。悪くすると食欲がなくなりそうだった。食欲の喪失は文字通り早急の死を意味していた。とにかく今は常に食べることを実行していなければならないのだから。

翔子は隣りで自分と同じように立ち止まっている俊を窺《うかが》った。彼もまたじっと変化した両手を見つめているのだ。

彼はうつむいていてその表情は見えなかったが、泣いているのではないかと翔子は思った。なぜなら今自分も泣いていたから。そしてその後ともに何もかも忘れることになるのだ——。


午後九時三十分。富永夫人は何も告げず外出したきり帰らず、諒子の容体は相変わらず予断を許さないものだった。枕元《まくらもと》には夫人に代わって水野が付き添っている。

「警察学校と現場で多少の実践医学を学んだだけ。もちろん応急処置が基本。だからどこまで役に立てるかわからない。わたしは危険な看護人。嫌な役目だわ。とにかくもうしばらく待っても夫人が戻ってこなかったら、救急車に出動してもらう。自信がないのよ。わかるでしょ」

と彼女はいい、暗に無断で消えた夫人に恨みをこめた。

日下部は病人の諒子のためにも翔子を探さなければならないと思いつめていた。翔子の姿を見たのは今日の朝早くだが、連絡してはみたものの学校へは行っていなかった。何度も喜多川家にも電話を入れているが出る気配はない。

「ちょっと出てくる。心当たりのところを探してくる。車を借りるよ」

日下部は水野に断り、警察の専用車で彫留洞窟《どうくつ》へと向かった。ここは何度か訪れているがいつも夜だなと思いつつ、小道前の砂利道で車を止め歩いていく。

洞窟から異臭がもれている。それは近づくにつれて強くなった。洞窟から血と肉のすえた匂いが強烈に発散してきていた。

日下部は持って行った懐中電灯を頼りに中を進んだ。弱い光だが何とか足元が確保できる。だがもし電灯がなかったとしても何とか匂いの源までは辿《たど》りつけそうだった。

そしてとうとう前方と通路を大方塞いでいる岩壁に着いた。ここを通り抜けた先で倉橋ステノの遺体は発見されたのだ。諒子がアリの襲撃を受けた場所でもあった。

日下部はわずかな隙間《すきま》に身体をすべりこませた。するとどうしたことか、向こうへ行き着いたとたん、ぱっと周囲が明るくなった。そのまぶしさゆえに彼は何度かまばたきし、その後事態を理解した。

花崗岩《かこうがん》の一種でできているアイヌの祭壇を数限りない蠟燭《ろうそく》の光が灯明のように照らしだしている。そして捧《ささ》げられているのは羽をもがれた数羽ほどの鶏だった。切られた首から血が滴り落ちている。

「待っていたわよ」

そばにいるのは見覚えのある少女だった。富永医院を訪れ諒子に過食を訴えた当人。ポニーテールの髪はほどいて垂らしているが、背が並はずれて高いのと大人びた雰囲気はもちろんそのままだった。彼女は日下部と目があうとにっと笑った。

「これ持ってれば来ると思って拾っといたの」

日下部が探していた携帯電話をポケットから出してかざして見せた。ステノの死体を発見した後ほどなく荒木たちとかけつけた際、彼はその存在をここで丹念に探した。落とした場所はここしかないはずだった。だが見つからなかった。

「お婆さんの死体のそばに落ちてたのよ。たぶんあたしはあなたたちと入れ違いでここに来たんだと思う」

というところをみると、この少女は始終この洞窟に出入りしていたということになる。

その点を日下部は確かめた。

「あたしはもうアリなんだよ。あたしたちはあの翔子って女の子からアリをもらった。あたしたちは選ばれたんだ。だからここはあたしたちの家」

彼女はさらりと答えた。さらに、

「当然だよ。ここ、あたしたちのものだもん」

つっぱった口調になった。

「しかし君は今一人だろう？」

日下部は彼女にアリが寄生しているとしたら、他の若者たちのように集団で動かないのか不思議だった。集団行動はアリの習性ではなかったか？

「翔子が気にいらない」

まず相手はそういった。言葉を続けた。

「女王さま気取りでさ、いい気なもんだ。何でも自分の思い通りになると思ってる。鼻持ちならない。だからさ、あたしはこうやって陣取ってやってんのさ。そのうちみんなだって、どっちがボスだかわかる」

「一緒に行動したいとは思わない？」

「全然」

少女は大きく首を振った。

「みんなの気がしれない」

聞いた日下部は突然変異について考えをめぐらせていた。すべての種の変遷にそれはつきもののはずだ。アリに侵された大多数の思春期の個体は、種の保存の原則通りに行動する。だが稀《まれ》に彼女のようにもともとの資質も手伝うのだろうが、それから外れるケースもなくはないのだ。ただその場合——。

日下部はある種の懸念を抱きながら相手を見つめた。祭壇の犠牲に目をやった。これらが昨夜喜多川家の鶏小屋を襲撃して得たものだとしたら、数はもっとあったのではないだろうか？

「食べ物の量でボスは決まるだろうからね」

さらにまた彼女はにっと笑った。詰まっているはずなのに、少しも膨れていない腹部をさすって見せる。

「骨まで食べてやったよ。いい味だった。きっといい子たちが生まれるだろうさ」

今度は日下部に向けていた顔の造作をゆるめて笑った。そのおかげで彼女の目や鼻や口が細くちぢこまって、白くのっぺらぼうのように見える。付いている肉が溶けかかっているかのような柔らかさだ。

「あなたが好き」

そういうと彼女はほーっと大きく口で息をした。しかしアリが出てきたのは口からだけではなかった。耳、鼻、目からもどっと一時《いちじ》に噴き出した。

アリの集団は黒い風のような勢いで日下部を取り巻いた。周囲をぐるぐると回り続ける。

それから不意に宙を飛ぶナイフと化した。日下部の耳と鼻をねらって突撃してくる。彼は攻撃を避けるためにうずくまった。だが無駄だった。アリたちは覚えたての空中戦よりも地上戦の方がはるかに強かったからだ。

日下部はついに悲鳴をあげた。皮膚が刺され続け、鼻や耳から吸い込み続けなければならない、拷問のような時間に耐えかねたのだ。

相当の数のアリがすべて体内に消えてはじめて彼は立つことができた。ぐらりと来ためまいはすでに何かがはじまっている証拠に他ならなかった。

そばにはさっきの少女が倒れていた。懸念通りだった。その死体は真っ黒だった女流画家のものそっくりで、すでに何日もたったもののように腐敗が進んでいた。

日下部は今際《いまわ》のきわまで相手が握りしめていたもの、彼自身の持ち物である携帯へ手を伸ばした。そしてそれを背広のポケットにしまうと岩壁を通過し、出口をめざした。

止めてあった車へと戻る。運転席に座るとだるさと熱さがどっと押し寄せてきた。このまま眠りたいとふと思った。喉《のど》がからからで水も飲みたかった。

隣りのシートの溝にスプライトの缶を発見した。水野が買いおいたものだろう。手が出かかった。たまらなく飲みたい。飲んでぐっすり眠りたい。すべての思考は消えかかり欲求だけが先行していた。

そこで気持ちを落ち着けるために目を閉じて大きく息を吸ってみる。

だめ。

錯覚だろうか？　誰《だれ》かの声を聞いたような気がした。

だめ。

しかし声は続いた。

飲んでも眠ってもならない。いくらか思考が戻り、この場を乗りきるには、なぜかそれが絶対のことのような気がしてきた。これはタブーで決して破ってはならない。

それで自制できた。今の自分の本能にもとづく欲望は常のものではない。ようは自分のものではないのだ。侵されているだけなのだと認識できたからだった。

こっち。

まだ声は聞こえている。今はそれが誰のものなのかはっきりとわかった。

こっちへ来るのよ。あなたは家《うち》へ来なくてはならない。そうしなければ救われない。

それはあの倉橋ステノのものだった。

わかった。今すぐ行く。ただちょっと待ってくれ。連絡しておく相手がいるんだ。

日下部は心の中からステノに語りかけた。すると声は止んだ。

彼は携帯を取り出し水野の番号をリダイヤルした。

「ぼくだ。今彫留洞窟の前にいる。翔子ちゃんはいなかった。ただし」

そこで彼は自分の身に起きたことを説明した。それから彼を待ち受けていた寄生された少女の末路についても、なるべく淡々と事実だけを話した。

「つまりあなたまでアリに寄生されているというわけね」

水野の声がくぐもり湿った。

「すぐにここへ帰ってくるか、救急車を呼んで札幌の病院へ行くのよ」

彼女はカン高く叫ぶようにいった。

「しかしそれでどうなる？」

日下部は極めて冷静に対応した。

「末路は見えている。ぼくは糖尿病で昏睡《こんすい》状態になるか、生きている間からぐずぐずになって身体中《からだじゅう》の肉が腐りはじめるか、いずれにせよこのままでは助からない」

「だからどうするというの？　一人で死にたいの？　それとも格好の悪い死に方が嫌で餓死でもしてみせる？」

水野はとうとう怒《おこ》りだした。

「餓死は当たらずといえども遠からずだ」

日下部はいったが額には冷たい汗が噴き出してきている。身体の奥底から突き上げてくるような食への欲望。そのたえがたさに匹敵する苦痛を経験したことは、彼もまだ一度もなかった。そこで彼は思わずうめきかけた。

「どうしたの？」

電話の向こうの水野が飛び上がったのがわかる。

「大丈夫だ。そんなわけだからそっちへは帰らない。これは死んだ少女から聞いた。寄生アリは羽化して産卵すると寄生中の人間を離れ、新しい宿主を探すという。この繰り返しで飛躍的な繁殖を遂げている。だからぼくも君のそばにはいられない。ぼくが死ぬのが先か、奸智《かんち》にたけた寄生アリがぼくの死を察知し、別のターゲットを求めてぼくの身体から飛び立つのが先かわからないからね。それに例えば——」

好意を持っている異性だとなおさらアリたちはことを起こしやすいようだ、と彼は続けようとしてやめた。相手に感傷を喚起しかねない。今彼女にそんなことをいって何の意味があるというのだろう。それで、

「君を巻き添えにしたくないんだ。君はこの村で起こっていることを見極める必要がある。とにかく一人で治療してみる。探さないでほしい。そして明日の朝、電話できることを祈っていてくれ」

といって一方的に電話を切ろうとすると、

「一つだけ報告しておくことがあるわ。あなたにとっては起こっている現実が、分析結果の真実味を超えてしまっているでしょうけどね。札幌からアリの分析結果が届いたの。わたしがステノさんの家でサンプルにしたのも、彼女の死体から出たのも、諒子さんが吐き出したものもすべて同一種だった」

と水野はつとめて感情を抑えた声でいった。

「そして今ぼくの身体にいるやつも同じだ」

そう断言して彼は水野との会話を終わりにした。するとまた声が聞こえてきた。

こっち。わたしの家。早く。

その声に励まされるようにエンジンをかけ、車を発進させた。可能な限りのスピードで飛ばし、特徴ある家の屋根をめざして坂道をのぼった。

門を入り玄関の前に立つとさっと風が吹いて、誰かが招いてくれてでもいるように扉が開いた。

階段を上がって。

ステノの声が囁《ささや》いた。

シャーマンの部屋へ行きなさい。そして祈りなさい。ただし窓はずっと開けておくように。

日下部は心の中でうなずき、階段をのぼりきると廊下を歩いて、いわれた部屋へと向かった。

扉を開けた。昼間水野と訪れた同じところにちがいない。だが全く別の場所のような気がした。前に来た記憶ではたしかに窓は開いていなかった。

風が吹いて白いカーテンが舞った。その時日下部はすっと頰《ほお》が撫《な》でられるのを感じた。それは人の手の平の感触だった。そしてなぜか彼は奇妙な安堵感《あんどかん》に誘われた。

二十

どのくらい時間がたったろうか？

日下部は四方を壁にかけられた葬儀の画にかこまれていた。彼はシャーマンの部屋の中ほどに正座し瞑想《めいそう》を続けていたのだ。

はじめのうち身体の不調は増すばかりだった。全身の血が濃く煮詰まって煮えたぎるかのようだった。熱さが限界に来ると今度は骨が凍りつくかのような悪寒《おかん》が襲いかかってきた。身体の一部は煮え一部は凍っている。

彼は自分の身体が容赦《ようしゃ》ない食欲の餌食《えじき》になっているのを感じた。水や食べ物のことばかり頭に浮かびかける。そのたびにテントウムシの糞《ふん》に群がっていたアリたちの獰猛《どうもう》な様子を想像した。あるいはステノやあの少女の無残な死体の様子を。飲食したがっているのは断じて自分ではない。

そう思うと、文字通り喉から手が出かかるといった表現がぴったりの、たまらない一瞬はやりすごすことができた。

声は止んでいた。

その代わりにたえまなく窓から風が吹きこんでくる。それは恐ろしい強風で食欲に負けまいとする日下部の意志をためすかのように、座っている彼をめがけて直接吹きつけてきた。そのため彼の身体はしばしばコマのように他愛なくくるくると回った。

風には逆らえない。だが食欲にはたえられる。

彼はそう念じて思った。

狂気のような食欲を自制できたと安堵しかけた。しかしその時また別の危機が彼を襲った。

孤独感。絶対の孤独地獄。

それは感情というよりも情緒だった。そして常に日下部の心の底に巣食い続けている、怪物に近い被害妄想といってよかった。もちろん幼い時から引きずってきた代物、トラウマといえる。今のように黒くはなく、ロシア人の血を引く父に似て赤すぎた髪、日本語をしゃべるだけで周囲からわっと笑いが沸きあがった原因となった、一目でわかる異風の顔だち。

つまりそれは日下部にとって差別、いじめを受けとめる情緒だった。しかし、どうして今この場にいたってその怪物がとき放たれたのか、彼にはわからなかった。

怪物は成長とともに繰り返しねじ伏せて小さくまとめ、心の牢獄《ろうごく》につないでおいたはずだった。そしてもう今の彼にはその手のコンプレックスに煩《わずら》わされているという意識は全くなかった。

ただそうした意識とはうらはらに彼の情緒は沈み込み、意志や思考を含む心の領域を浸していた。ともすれば考えることができにくくなって、ヒステリーに似た情緒にひきずりまわされかかる。

なぜか情けなく死ぬことばかり考え続けた。今まで生きてきて身内以外の誰《だれ》かに愛されたことなどあったろうか？　人はこの自分が相手に思う以上の思いを与えてくれたことなど、一度もないのではないか？　自分は距離のある人間だとよくいわれる。ちがうのだ。それは近づきすぎるのが恐《こわ》いだけのこと。裏切られるのが恐い。

だから水野にもさっきああいった。ほっておいてくれと。本心ではなかった？　そうかもしれない。ほんとうはむりやり今いるところを聞き出してくれてかけつけてほしかったのだ。だが彼女はそうしなかった。結局これほど親しくしている彼女との間にも距離がある。これも彼女の裏切りではないか？

すると突然雷鳴が轟《とどろ》いた。満月の色を映したかのように凄惨《せいさん》な光だった。厳しく鋭くたけだけしい。しかし邪悪さとは無縁だった。雨が降りはじめた。やがて豪雨となり窓から吹き込んで日下部の全身を濡《ぬ》らした。その時彼は浄化されていると感じた。

この後彼は寄生アリは宿主の精神的な弱点をつくのだと、閃《ひらめ》くように思った。長年かけてためこんできた恨みに似た自己憐愍《れんびん》を吐き出させるのだ。それはたしかに各個人の心の真実ではある。だがあくまでも一部にすぎない。あるいは古傷であって現在に引きずるべき問題ではない。解決済みのものであるはずだ。

だから諒子もあんな具合に不可思議な言動をしたのだと日下部は思った。あれは育ててくれたのが両親ではなく、祖父母だったことから表面化できなかった、彼女の反抗期の名《な》残《ご》りだったのだ。

日下部は立ち上がった。すっきりした気分だった。身体《からだ》はすっかり従来の彼のもので熱くも凍りつくようでもなかった。

外は雨が止んでいた。月は出ていなかったが見えている漆黒《しっこく》の闇《やみ》は、何かが洗い流されたかのようにすがすがしかった。

日下部はここでやっとあることに気がついた。キャンバスが壁に戻されている。それは誕生や成長ぶり、結婚、出産風景などの油絵だった。どれも生の喜びにあふれている。

だがこれらは何時間か前にはたしかに壁から外されて裏に返され、部屋の隅に重ねられていたものたちだった。

それを見て日下部はステノが自分の死を予感していたのではないかと思ったのだ。そして今、彼はステノはここに蘇生《そせい》しているのではないかと思った。キャンバスを元に戻したのは自分にそれを知らせるためではないかと。

日下部は再び部屋の中ほどに座った。大きく息を吸い込む。さらに生気が漲《みなぎ》った。部屋の空気は清冽《せいれつ》そのもので少しもよどむ気配がなかった。ステノがいてくれるのだと彼は確信した。

携帯が鳴った。

「今玄関の前よ。思いつくのはここくらいだった。外れる可能性は薄いと踏んだわ。すぐに来たかったけど、ここへ来るための車と諒子さんを看てくれる人を頼むのに手間どった」

水野だった。

「わかった。実はもうすっかりいいんだ。こっちへ来てくれないか。どうして助かったか説明したい」

ほどなく彼は入ってきた水野と向かいあった。

「つまりあなたはここの主人に助けられたというのね。そしてその人はすでに死んでいて遺体はもうおおかた白骨化している。それを承知でいっているのね」

水野は呆《あき》れ声でいい、日下部を見つめる目の色は半信半疑を隠せなかった。元気そのものに見える彼の身の上に起きたことが、にわかに信じがたかったからである。

「アリに寄生されたことも含めて、すべて思いちがいだったというようなことはない？」

とうとう彼女はいった。

「やっぱり信じない」

そこで彼は大きな声で笑いだした。それから急に青ざめてあわてだし、

「待ってくれ。今あなたに行かれたら困るんだ」

と叫んだ。その後肩を落とし、

「ああ、行ってしまおうとしている。怒《おこ》っているわけではないが誤解されたくないらしい。アイヌには死んだ後人間界に戻ってくる霊は悪霊だといういいつたえがあるからね。今、部屋の空気が変わった。わからないのかい」

ややや恨みがましくいった。

「わからないわね」

水野は妥協のない口調でいった。

「それより重要なことがいくつかある。速見卓の家が焼けているという連絡が入ったの。彼についてはさっき、明日にでも婦女連続拉致《らち》殺人の容疑者として尋問するつもりだとあなたにいったばかり。気がつくのが遅かったんだけど、富永夫人が乗り込んでいなければいいと思う」

「あの時、ぼくらの話を聞いていた?」

「その可能性はあるわね。彼は連続殺人者であることを指摘されるか、その証拠を突きつけられる、もしくは目撃されてしまう。その相手が夫人の夫の富永医師や喜多川達三さんだったとしたら?　あなた、その二人の断末魔の顔や身体の部分の腫《は》れを指摘していたわ

ね。彼が昆虫マニアだとしたらサソリなんかによる毒殺も考えられる。さすがに夫人はそこまでは思い及ばなかったかもしれないけど、二人は速見の手にかかったと直感したのではないかしら」

「あり得るね」

「だから心配なのよ。それからまだ心配の種はある。子供たちがいなくなったのよ。この村の十二歳以上の子供たち。さすがに二十歳《はたち》すぎた青年は混じっていない。現在午前十二時を回ったところ。この時間に子供たちが帰宅していないのは異常なことよ。ここは新宿じゃないんだから」

「とうとう集結することになったんだな」

いった日下部は一瞬、ぎょっとした表情になった。

「何のために？　寄生アリの宿主たちのコミュニティづくり？」

「もともと寄生者のアリは集団生活者だからね。だからぼくは前からそうなることを懸念していたんだ。アリがそうであるように集結の目的は効率のいい餌探《えささが》しと住みかの確保、つまりより安定した生活に基づく種の保存。となるとこれから起こることは恐怖以外の何物でもない。彼らはいっせいに人間たちに襲いかかるだろう。今まで彼らは寄生が目的で相手を選んできていた。だがこれからはちがう。彼らは飢えはじめているんだ。旺盛《おうせい》な食欲を充《み》たすために成人や老人が無差別に襲われる。この村の誰もが喜多川家の鶏と同じ運命を辿《たど》ることになる。そしてそれは餌を食い尽くした彼らが絶滅を迎えるまで続く。もちろんその前にこの村は全滅だ。被害はこの村だけに止《とど》まらないかもしれない。彼らにはきっと計画的に移動する能力も備わっているだろう。だとすると両隣の村や町も危険に晒《さら》される」

「彼らは今どこに？」

「祭壇があった彫留洞窟《どうくつ》だと思う」

「急がなくては」

水野は携帯をプッシュした。見ていた日下部は手を伸ばすとさらに押した。

「何をするの？」

水野はオフ状態の携帯を見て日下部をにらんだ。

「じゃあ聞くが警察はいったいそこで何をするんだ？　寄生アリの被害を食い止めるには、今のところ宿主の彼らを抹殺するしかないんだ。そうすればかなりの確率で寄生虫は体内で死ぬ。有無をいわせず射殺するか、毒ガスでも流して間髪を入れず彼らを殺す。その覚悟がなければ無駄だよ。相手は子供だしね。そんな決断はおそらく誰にもできないだろう。それにそこまでの状態に陥っているという事実を誰が認めている？　ぼくと君と行方不明の富永夫人。この三人だけ。夫人をのぞくぼくらはよそ者だ。すべてを話したところでよそ者の戯言《たわごと》だ。悪くすると狂人扱いされかねない」

「それじゃあなたはこのまま黙って見ていろというの？」

「少し時間がほしい。それにこのままの方が少なくともすぐ犠牲者は出ない。君が通報すれば子供たちの家出と見縊《みくび》った警察関係者がかけつける。そして善意の説得が続けられ、関わった警官は全員餌食《えじき》になる。目に見えていることだよ。それと——」

そこで彼は自らの経験を口にして、寄生虫が人間の心の底に巣食うコンプレックスを刺激することを指摘した。

「だから現在子供たちはきっと大人たちに好戦的だと思う。子供はとかく、大人が作った規範や制約を煩《わずら》わしいと感じているものだからね。だから今は彼らはいいチャンスとばかり、寄生虫に誘導されて日頃《ひごろ》のうっぷんを晴らそうとしている。気がついたよ。寄生虫がコンプレックスを操作するのは、理性を狂わせて肉食獣のように宿主を戦わせるためだ。これで大脳をも本能に従わせられる」

「わかったわ。ただしそうは待てない。わたしは現職の刑事である以上、通報すべき内容に目をつぶり続けることはできないの」

水野はそういった。

突然階下で振動が起こった。地震かと思われるほどの強さだったが、そうではなかった。がんがんと響く地響きが続いた。めりめりと何かが剝《は》がされる音がした。

「いったい何が起きたの？」

二人は驚いて飛びあがり階段をかけ降りた。

玄関のドアが丸ごとなくなっていた。四角いぽっかり空いた空間から夜の闇《やみ》がつながっている。ばたばたとかけだす足音が聞こえた。

「待ちなさい」

水野は外へと飛び出た。すでに手にはハンドバッグから取り出した拳銃《けんじゅう》を携えている。日下部も後に続く。

夜の中で彼らが光った。正確には彼らの目が金色に輝いていた。日下部は同じようだった翔子の目を思い出していた。あれは彼女一人に起こる変化ではなく、一定の状態まで寄生が進むと起こる、仲間間の信号のようなものなのだと納得した。狩りなどの闘争や生殖可能の合図。

彼らの数は二十人を超えていただろうか？　外された扉を守るように早足で立ち去ろうとしていた。

「待ちなさい。止まらないと撃つわよ」

水野がさらに威嚇《いかく》した。だがもちろん止まる気配はない。彼女は銃口を見えている金色の目の一つへと向けた。

「本気なのよ」

だがだめだった。引き金にかけた彼女の指先は脆《もろ》くも弛緩《しかん》した。水野は拳銃を持ったまだらりと右手を下ろした。それから彼らを追おうと走りかけた。

「やめた方がいい。君には子供たちは撃てない。そう悟られたら餌食になるだけだ」

日下部はいった。

「そうね」

水野はうなずいて足を止め、

「さっきあなたのいったことは当たっているわ。わたしも含めてあの子たちを撃てる大人なんて、警官にだっていやしない」

と認めた。そして、

「そろそろ時間よ。通報する。いいわね」

と日下部にいい渡した。

「わかった。だがその前に聞いてほしいことがある」

彼は戸口に佇《たたず》んだままいった。すでに子供たちの姿は坂道の下へと消えている。

「なぜ彼らはここを襲撃したか？　よりによって玄関のドアを盗んでいったか？」

日下部は疑問を投げかけた。

「そういえばわたしたちを襲撃する様子はなかったわね」

「そうだろう。そこで考えた。さっきの話に戻る。なぜぼくが助かったかの話。今度は頭から否定しないでほしい。彼らはシャーマンの血を引いていた倉橋ステノの霊魂を恐れているのではないかと思う」

「なぜ？　あなたに癒《いや》す力を授けたから？」

水野はやっと、日下部がアリに寄生された話を現実として認める発言をした。

「そうだ。種の繁栄を阻《はば》むものとして感知した。だからもうこれ以上彼女の霊が力を発揮できないように封印した」

「玄関を壊して扉を持ち去ることが封印？」

「ああ。アイヌの葬儀ではあの世の霊魂が迷わないように、壁の一部を壊して出棺《しゅつかん》させる。そうすることで信じられている悪霊の侵入を防ぐ。戸口から出すと故人が覚えていて戻ってきてしまうというんだ。さっきの彼らはその戸口を破壊してしまった。」

「つまりこれでもう、倉橋ステノの霊魂は戻ってこれなくなったというわけね。溺《おぼ》れる者の藁《わら》さえなくなってしまった」

水野はいった。ありありと失望の様子が見てとれた。

「でもないかもしれない」

日下部はいい、しばらく忘れていた闊達《かったつ》な笑いを浮かべた。そして、

「君の携帯を借りたい。ただし君が上司の娘のことで連絡した相手、ファーブル昆虫館の主の番号が記憶されていればの話だが」

といった。

「佐竹まゆ子にここのトラフシジミを紹介した館長のことね。気さくないい感じの老人。まだ消去はしていない。ただ今は深夜。昆虫館は私営で彼の住居でもある。だから必ずつながる。寝ているところを叩《たた》き起こすことになるけど、仕方ないわ。こっちは溺れてかけているんだから」

水野は答え、ダイヤルを操作して岐阜のファーブル昆虫館を呼び出した。

「もしもし」

相手が出た。日下部はすぐに身分と時間をわきまえない非礼を詫《わ》びる言葉を口にした。するると館長の老人は、アハハと陽気に笑って、

「かまわん、かまわん。寝てなんぞおらんから。実は今、飯の種の標本作りのまっさい中なんだ。これはいつも徹夜でやると決めている。虫とはいえ死体の処理だからな。夜がふさわしい」

といった。

そこで日下部は現在この村で起きている寄生アリの存在と、その恐るべき被害について簡潔に話をした。聞いていた館長は予想に反して驚いていなかった。

「君はわしがびっくりしないので不思議に思っているかもしれないが、君のいってることを信じていないわけじゃない。むしろああ、やっぱりと思っとる。わたしは個人経営の昆

虫館の維持のために標本を作っているが、そればかりしとるわけじゃあない。もとは農林省の役人だ。そのつながりで検疫や虫に関わる事件をずっと見てきている。業者から持ち込まれるもの、役所関係のものさまざまだがね。先方では専門家に虫の種類を特定させて対策をこうじようというわけだよ。そんな中に最近、コンタクトレンズの洗浄液から虫が出てくるという事件があった。これはムシメマダラメイガの幼虫でチョコレートにつく虫だった。もっとも食品の中に虫が混じることはよくある。どらやきから芋虫、カニのパック詰めからアリなど。一時ある社のインスタントしるこやジュースの粉末から、シバムシという二、三ミリのカブトムシが大量に発生したことがあった。これを調べていくと、工場の通気孔に問題があることがわかった。冬場はしるこの粉が夏場はジュースのものが層になって付着していたんだ。犯人は通気孔。ここまでは理解可能。だがね」

そこで館長はほっとため息をついた。

「コンタクトレンズの液の方ですね。あれには糖分も蛋白質《たんぱくしつ》も含まれていないでしょうから」

日下部は先を促した。

「そうなんだ。とうてい生物を生かせる力などないはずなのになぜかと思う。それからパンにつく虫にも異変が起きている。コガネムシの幼虫入りの食パンの話。これは何と発見された時生きていたんだ。大きさは八ミリ程度だった。切断した時出てきたからパン種に紛れ込んだのは明らかなんだが、オーブンの温度は高温のはずだ。どうして生きていたのか、これもまたわからない。だから人間に寄生する、知力さえ感じさせるアリが出てきたとしても驚かない。それとね」

館長はそれから生物農薬についての話に入っていった。そして、

「フィリピンから輸送されたバナナに、赤ん坊の頭ほどあるカブトムシがついていたことがある。中国からのタケノコの缶詰にハシマクシバの芋虫が見つかった。そうなると虫にまつわる不思議なことは、ほとんどすべて外国から持ち込まれたのだということで片づけられる。ブラックバスや南方系のインコなどによる生態系の破壊、つまりは外来ペットの問題と同一視される。悪いのは何もかも外来者、自分たちは侵略されているとね。だがわしはそうは思っておらん。少なくとも虫に関する限り日本人は自分たちのしてきたことを、もっと謙虚に反省する必要があると思う。イナゴなどの虫を稲作の天敵として、忌み嫌ってきた歴史について見なおすべきなんだ。すまん。つい君らがわしの繰り言につきあっている余裕などないことを忘れ、長しゃべりしてしまった。こんなことを話していても、寄生虫をやっつけることはできない」

「先生は今、虫の恩恵について指摘なさいましたね。それに昆虫食は含まれますか」

とうとう日下部は切り出した。すると相手は、

「ほう、昆虫食とはね。それを含んだつもりはなかったがいわれるとその通りだ。そこま

でくると虫は人間に大恩があるということになる。となると、今現在、恩人の絶滅を図ったり遺伝子を操作したりと、虐待しすぎているのは事実だ」

といった。

昆虫食とは狩猟や採取と並んで最も原始的な食の形態である。現在でも世界中で行なわれている。ただし虫の量が間に合う熱帯などの高温地帯に多い傾向。またアフリカやパプアニューギニアなどの地方に残存している。

日本でも蜂の子、イナゴやカイコ、ゲンゴロウ、サザムシなどが食べられてきている。これらは昔救慌食物、今健康食品ということになるが、縄文時代もしくはそれ以前には、もっとさまざまな虫が食用にされていたはずだと日下部は推理していた。昆虫食は縄文クッキーに勝るとも劣らない優良な縄文食であったと――。

しかし今のところアイヌの食の歴史にはそれについての記述はなかった。喜多川家の馬小屋にあった聞き書きの資料にも出てこない。冷涼な気候下では食用にするほど虫が発生しなかったとも考えられるが、それだけではないだろう。

日本全国にある縄文時代の遺蹟《いせき》関係からもその手の情報は出てきていない。よって日本の縄文時代における昆虫食の実態は幻のままなのである。

「たしかその村の名は井戸無村といったね。虫と関係がある?」

館長が確認してきた。相手が漠然と探り当てようとしている。見当外れではなかった。

「ええ。井戸無村、アイヌ語のイトンナプが当てられたんじゃないかと思うんです。イトンナプはアリという意味です。アイヌが儀式に使用したと思われる洞窟《どうくつ》には祭壇がありました」

そこで日下部はその洞窟でかつてアイヌが祀《まつ》ったのはアリの神ではないかということ、万物に神を見いだすアイヌは、熊送りに匹敵する虫送りの行事を行なっていた可能性があると主張した。そしてその行事はアイヌに限らず、昆虫食があった全国の縄文人に共通していたものではなかったかという推理を展開した。

「なるほどそれだとなぜ日本の一部の地方で、虫害を〝源平盛衰記〟に出てくる斎藤別当の祟《たた》りだといってきたのかわかる。ぴんときたよ。農業生産の発展は一時食物として崇《あが》めていた虫たちを、農耕の敵として抹殺し続けてきたわけだから。その申しわけなさを悲運に死んだ武将の恨みに重ねて謝罪してきた。それが全国的に行なわれてきた虫送りの真髄《しんずい》だったんだな」

「そこには人間の虫と自然への畏敬《いけい》があります。アイヌの熊送りに通じるものです」

「君のやろうとしていることがわかった。これから虫を送ってみる気だね。はじめから試みに足りる方法はそれしかないとわかっていた。わたしに電話してきたのは相談をしたかったからじゃないな」

館長が率直にいい切ったが不快そうでも、不機嫌でもなかった。

「すみません」

日下部は電話に向かって頭を下げた。

「君が望んでいた通りエールを送ろう。無理はしていない。話を聞く限り、今やれることはそれだけだと思う。自然から生まれたはずなのに、いつのまにかその軌道を外れて存在するようになった魑魅魍魎《ちみもうりょう》たちを、自然に返してやってほしい。成功を祈る」

相手は重々しくいい電話は切れた。

「待たせてすまない。警察へ通報してくれ」

日下部は聞いていた水野にいった。


かけつけた署長の荒木はまず扉が持ち去られた玄関のスペースに佇《たたず》んだ。悲痛な面持《おもも》ちだが信じられないという顔ではなかった。

それから意外に真剣な表情で日下部の話を聞いてくれた。実は彼の二番目の息子も家に帰っていないという。このところ子供たちがおかしかったという話は、実は子供が失踪《しっそう》中のどの家庭からも聞かれていた。どの子もどう見ても正常とはいえない、特に食欲を示していた――。

「まずはやってみましょう」

彼は朴訥《ぼくとつ》に同意した。

「それにその方法は彼らに危害を加えなくてすむ。騙《だま》されたと思ってやってみますよ。大人たちだって一生懸命子供のことを考えているんだということを、見せてやれるだけでもいいです。それで正気に返ってくれるかもしれません」

村中の家々から金属性の鍋《なべ》、釜《かま》の類《たぐ》いが集められた。祭りの時しか使われないここの太鼓はいかにも貧相だったが、それも動員させた。松明《たいまつ》用におびただしい数の薪《まき》が供給された。バチはすりこぎが代用された。

日下部はステノの家にあった熊送りの儀式のクライマックスシーン、例えば熊が次々に射かけられる矢で送られるシーンや、祭壇とイナウ、イクパスイなどが描かれた酒宴の画を運び出して洞窟《どうくつ》の前に掲げた。ステノの力を借りたかったからだ。

午前二時五十七分。村中の大人たちが彫留洞窟に結集した。熊送りの儀式を模した虫を送る儀式がはじまった。

まず洞窟へと続く小道に焚《た》かれた松明が固定される。さらに大人たちは列になって一人置きに松明を掲げ、洞窟の周辺を鍋や釜の底を叩《たた》きながら徘徊《はいかい》していく。これが繰り返された。誰《だれ》が提案したのか、定期的にかけ声がかけられる。

「田の虫は岡《おか》さ、畑の虫は山さ」

またあるいは、

「稲の虫送った、どこまで送った、空の果てまで送ったい」

洞窟をめぐって歩く集団は異様な熱気に包まれはじめた。誰もが一心不乱にこの呪文《じゅもん》を唱え続けている。ついに呪文は金属の奏でる音とともに切れ間なく聞こえ続けるようになった。

松明にステノの画が照らし出されている。画に異変が起きた。アイヌの酒宴が描かれていた画面が変わった。

それは見知らぬ時代の光景だった。背景には山と谷、そしてうっそうと茂る林が見える。月は三日月で風が吹いている。土と稲の匂いがたちこめていた。

土埃《つちぼこり》をたてながら歩く人の列があった。屈強の男たちで上半身は裸、ふんどしをしめて頭には手拭《てぬぐ》いを被《かぶ》っている。「空也上人、なむあみだぶつ」と書いた紙の旗を持っている。鐘を鳴らし法螺《ほら》を吹いている。あるいは二人がかりで棒に吊《つる》した太鼓をかついで移動させながら叩いている。

松明が高く高く掲げられている。斎藤別当実盛と名札がつけられた、等身大のわら人形がねり歩く。

さらに画面は変化していく。畦道の子供たち。体育着を来た二人の少年がわらでできた籠《かご》をかついでいる。籠にはぺたぺたと「悪虫送り」、「実盛様送り」と書かれた紙が貼られている。素朴な少年たちの笑顔がまぶしい。

そしてそれに呪文が重なる。繰り返される。

「田の虫は岡さ、畑の虫は山さ」

「稲の虫送った、どこまで送った、空の果てまで送ったい」

やがて空が白みはじめた。甲斐《かい》はなかったと日下部がうなだれかけるのと、縁寒川につながる洞窟の突き当たりの出口から黒い煙が昇りたったのとは、ほとんど同時だった。

それはまたたく間に空を覆い尽くした。また夜が来たと誰もが思ったほどだった。

「アリだわ」

日下部の隣りでステノの画をともに守っていた水野がいった。

「ほんとうだ」

日下部も同意した。

空を覆った一団は早急に移動をはじめた。前ぶれもなく突風が吹いた。ステノの画が揺れた。日下部はステノが手を貸してくれていると確信した。

その風は激しい勢いで黒い雲を追い払っていく。アリたちは村外れへ向けて飛翔《ひしょう》を続けていた。こちらへ向かってくる気配はまったくない。

「連絡が入りました。アリの集団が次々に速見卓の家へと吸い込まれているそうです。今消防関係に退去を助言しました。努力の甲斐なく昨夜からずっと速見の家の火勢は衰える気配がありません」

携帯を片手に荒木が告げに来てくれた。

やがて見えている視界から黒い色が消えた。あとは冴々《さえざえ》としたコバルトブルーの夏の空が広がり続ける。

「よかったわね」

そういった水野に日下部はうなずいた。だが子供たちを助けられたのだという実感はまだなかった。これでやっと長い悪夢から解放されたのだという思いだけがあった。

はじめて彼は疲れを感じた。


翔子をはじめとする洞窟の子供たちは正常な状態に戻ることができた。すぐに彼らは札幌へと移され精密検査を受けたが、すでにもう旺盛《おうせい》な食欲とも異常な血液の状態とも無縁だった。ただどの子も記憶をまったくといっていいほど失っていて、一連の経緯について答えられるものはいなかった。

富永医院の諒子と他の町の病院の白川とも子も回復した。諒子についてもやはり記憶がなく、かえってそれがよく、日下部や水野に対しても恥入った様子はなかった。

寄生の時間が最も短かったとも子だけはちくちく痛みがあったこと、トイレで血を見て驚いたことなどを覚えていたが、何しろ幼児のことである。すぐに忘れて三度目に聞くと夢だったかもしれないと答えた。

速見卓の家では彼と富永夫人と思われる焼死体がまず見つかった。また唯一焼け焦げたガラス箱も発見されて、燃えきっていなかった中の死体は失踪《しっそう》中の佐竹まゆ子であると断定された。

こうして速見卓は連続殺人の張本人であることが立証されかかった。速見の庭には定期的に掘り起こした跡があり、ここを掘ってみると、二体の遺体が入った棺《ひつぎ》が出てきた。このうちの一体は日下部の勤める英陽女子大を中退した、下田瑞希である可能性が強い。またあと一体のかなり年月を経た女性の白骨死体は、三十の時に突然消息を絶った菅原《すがわら》麗子《れいこ》ではないかと見られている。菅原麗子の旧姓は速見で卓の姉に当たる。速見がはじめに手を染めた殺人は、姉殺しではなかったかと警察側では見做《みな》している。

どちらもくわしい司法解剖が急がれている。

一方札幌郊外で発見された木村令子の白骨死体は速見が遺棄したものと推定される。だが、犯人が速見だとすると、なぜこの死体に限って棺ごと遺棄したのかは謎《なぞ》である。

通常この手の犯人はコレクションを棄てたりしないものだからである。速見が死んでしまった現在、その謎を解く鍵《かぎ》は失われたままだ。

倉橋ステノの遺体は一度住んでいた家に安置し、アイヌ式の通夜をすませたのちに村の共同墓地へ埋葬することになった。通夜には日下部と水野が付き添うことを申し出た。

「これで一度死んだ人間が帰ってくると、悪霊になってしまうといういい伝えが、当てにならないものだということがわかった」

日下部はしみじみといった。出来ればまた戻ってきてほしいと思ったのだ。ステノとは彼女が生きていればきっと、もっとたくさんのことを語りあえただろう。

「ただし悪霊なら存在するわよ、たしかに。速見卓よ。彼こそ現代の悪霊。まちがいないわ。焼け焦げてくれてほっとしたわ」

水野はきっぱりといい切った。

風が出てきていた。

（了）

虫送り《むしおく》
和田《わだ》はつ子

角川ホラー文庫　H50-4　11525

平成12年6月10日　初版発行

発行者——角川歴彦
発行所——株式会社角川書店
東京都千代田区富士見2-13-3
電話/編集部(03)3238-8451
営業部(03)3238-8521
〒102-8177　振替00130-9-195208
印刷所——廣済堂　製本所——本間製本
装幀者——田島照久

ISBN4-04-340704-1 C0193

角川文庫発刊に際して

角　川　源　義

第二次世界大戦の敗北は、軍事力の敗北であった以上に、私たちの若い文化力の敗退であった。私たちの文化が戦争に対して如何に無力であり、単なるあだ花に過ぎなかったかを、私たちは身を以て体験し痛感した。西洋近代文化の摂取にとって、明治以後八十年の歳月は決して短かすぎたとは言えない。にもかかわらず、近代文化の伝統を確立し、自由な批判と柔軟な良識に富む文化層として自らを形成することに私たちは失敗して来た。そしてこれは、各層への文化の普及滲透を任務とする出版人の責任でもあった。

一九四五年以来、私たちは再び振出しに戻り、第一歩から踏み出すことを余儀なくされた。これは大きな不幸ではあるが、反面、これまでの混沌・未熟・歪曲の中にあった我が国の文化に秩序と確たる基礎を齎らすためには絶好の機会でもある。角川書店は、このような祖国の文化的危機にあたり、微力をも顧みず再建の礎石たるべき抱負と決意とをもって出発したが、ここに創立以来の念願を果すべく角川文庫を発刊する。これまで刊行されたあらゆる全集叢書文庫類の長所と短所とを検討し、古今東西の不朽の典籍を、良心的編集のもとに、廉価に、そして書架にふさわしい美本として、多くのひとびとに提供しようとする。しかし私たちは徒らに百科全書的な知識のジレッタントを作ることを目的とせず、あくまで祖国の文化に秩序と再建への道を示し、この文庫を角川書店の栄ある事業として、今後永久に継続発展せしめ、学芸と教養との殿堂として大成せんことを期したい。多くの読書子の愛情ある忠言と支持とによって、この希望と抱負とを完遂せしめられんことを願う。

一九四九年五月三日

初恋
吉村達也

人並みの幸せな夫婦生活を送る平凡なサラリーマン・三宅の前に、ある日突然、同級生だった女性が現われた。十六年前、一度だけキスをした相手である彼女の愛が再燃したとき、三宅にとって恐怖の日々がはじまった……。〈書下し〉

文通
吉村達也

十六歳の女子高校生瑞穂は、雑誌を通じて文通相手を募集。筆跡も年齢も性別もまちまちの四人から申し込みが来た。数カ月は楽しい往復書簡が続いたが、やがて瑞穂は、この四人が同一人物と気づく。そして異常な文通魔の恐怖が！

先生
吉村達也

雪のように白い肌と鋭い目、びっしり生やした髭面――それが総美学園中等部三年A組の担任として赴任した北薗雪夫先生だった。だがその先生には、五人の中学生を殺した驚愕の過去が！　そして次の標的は羽鳥真美子、十五歳……。

角川ホラー文庫
好評既刊

現代ホラー傑作選第1集
それぞれの夜
遠藤周作＝編

戦後の文学を築き上げた十人が織りなす、幻想と恐怖の宇宙。珠玉の十編を収録。

高橋克彦／三浦哲郎／黒井千次／河野多恵子／渋沢龍彦／山川方夫／三島由紀夫／阿川弘之／吉行淳之介／遠藤周作

現代ホラー傑作選第2集
魔法の水
村上龍＝編

現代を呼吸する才能たちが紡ぎ出す、魅力的で怖ろしい九つの物語。

村上春樹／山田詠美／連城三紀彦／椎名誠／原田宗典／吉本ばなな／景山民夫／森遥子／村上龍

現代ホラー傑作選第3集
十《とお》の物語
高橋克彦＝編

現代怪奇小説の第一人者が、独自のホラー感を持って選び出した本当に恐い話。

岡本綺堂／佐々木喜善／柴田錬三郎／香山滋／都筑道夫／中津文彦／三橋一夫／山田風太郎／山村正夫／夢野久作

赤川次郎
忘れな草

何かが少しずつ変ってゆく……。山間の小さな町に住む女子高生布悠子はゆっくりと迫る何かに怯え、逃げ場を失ってゆくが……。封じ込めたはずの、しかし拭い去れない“過去”が日常を脅す恐怖を描く。
〈文庫オリジナル〉

夢枕獏・栗本薫・赤川次郎・竹河聖
悪夢

夢か現実か。現実のなかに非日常が入り込む時、そこには無限の闇が…。人気絶頂の豪華メンバーで贈る、ファンには絶対見逃せないホラー・アンソロジー。

田中光二
シャドウ

ピライーバを捕獲するためアマゾン河口の町を訪れた友成健二は、インディオから謎の強精薬を売りつけられる。だが、これは人間意識の内なる闘争本能を物質化させ、怪物《モンスター》を出現させる怖ろしい秘薬であった。
〈書き下し〉

小林泰三

玩具修理者

玩具修理者は何でも直してくれる。独楽でも、凧でも、ラジコンカーでも……死んだ猫だって……。現実と妄想の狭間に奇妙な世界を紡ぎ上げ、全選考委員の圧倒的支持を得た第二回日本ホラー小説大賞短編賞受賞作品。

中井拓志

レフトハンド

製薬会社テルンジャパンの埼玉県研究所・三号棟で、ウィルス漏洩事件が発生した。漏れだしたのは通称レフトハンド・ウィルス。それは致死率100％の、全く未知のウィルス。第4回日本ホラー小説大賞長編賞受賞作。

新津きよみ

女友達

29歳・独身、一人暮らしで特定の恋人は無し。そんな千鶴が出会った隣人・亮子。似た境遇の二人は友達づきあいを始めたが、一人の男をめぐって彼女たちの友情は次第に変化していく――。女友達の間に生じた嫉妬心や競争心が生んだ惨劇を鋭く描いた力作。〈書下し〉